Confessions d'une cleptomane

DU MÊME AUTEUR

CHEZ STOCK

Isaac B. Singer, *2003, Prix du récit biographique*
La Donation, *roman, 2007; Le Livre de poche n° 31460*
J'ai fait HEC et je m'en excuse, *essai, 2009; Biblio n° 1052*
L'Attachement, *roman, 2012; Le Livre de poche n° 33594*
L'Illusion délirante d'être aimé, *roman, Stock, 2015; Points n° P4511*

CHEZ D'AUTRES ÉDITEURS

So British. Visages d'écrivains britanniques, *Gallimard, 2013*
Écrire, c'est comme l'amour. 27 portraits d'écrivains du monde entier, *Autrement, 2016*

Florence Noiville

Confessions d'une cleptomane

roman

Stock

Illustration de bande : © Le Petit Atelier

ISBN 978-2-234-08128-4

Pour Martin
ETLB

Protect me from what I want.

Brian Molko

– Did you have a tough childhood, Marnie ?
– Not particularly.
– I think you did.

Alfred Hitchcock

Brain : an apparatus with which we think we think.

Ambrose Bierce

Prologue

– Tu sais pourquoi Freud n'a jamais écrit sur la cleptomanie ?

J'interrogeais Max du regard.

– Non.

– Ça ne t'intrigue pas ?

– Quoi ?

– Qu'il ait écrit sur toutes les manies, sauf une… ?

C'était à New York. Je prenais un café avec Max, un ami psychanalyste et romancier. Il a levé les yeux au ciel et fait une moue que je lui connaissais bien. Le lendemain, je recevais par mail cette réponse amusée :

– En 1895, Freud et sa femme passèrent quelques jours dans un petit hôtel sur les hauteurs de Florence. Cet été-là, Freud écrivit à

Fliess, à Berlin : « Est-ce que tu crois qu'il pourrait y avoir un jour une plaque sur ces murs : Ici séjourna Freud, l'auteur de *L'Interprétation des rêves* ? » Ce n'était pas une plaisanterie. Plutôt la marque de son anxiété. Car sur le registre de l'hôtel, Freud avait imprudemment écrit : « Doktor Freud und Frau ». Or cette Frau n'était pas son épouse Martha, mais Minna, la sœur de cette dernière. C'est parce qu'il avait volé la virginité de sa belle-sœur Minna que Freud n'a jamais écrit une ligne sur la cleptomanie.

*

Je n'ai jamais su si c'était l'analyste ou le romancier qui parlait dans ce mail. Mais tout de suite après, j'en ai reçu un autre :

– Au fait, tu ne m'as pas dit pourquoi tu te posais cette question ?

J'ai raconté à Max que la veille, à la boutique du MoMa, j'avais vu une femme rousse avec un sac de toile en bandoulière. Sur le sac étaient écrits ces mots : « I am a kleptomaniac. This is a stolen bag. » J'avais souri. Je ne me doutais pas que j'allais revoir cette femme quelques jours plus tard, dans une soirée. Totalement par hasard. On nous avait présentées et je l'avais reconnue. Elle m'avait confirmé qu'elle était souvent au MoMa ces derniers temps. Elle travaillait sur les

Rauschenberg de la collection permanente. Elle avait un léger accent, facile à reconnaître.

– You're French ?

– Oui, pourquoi ? Vous aussi ?

On a repris une coupe de champagne et elle s'est tournée vers un grand type brun un peu en retrait.

– John Karoui, mon compagnon. Et vous êtes… ?

Elle avait quitté Paris pour s'installer à Detroit. D'abord Detroit. Puis New York. Je n'ai pas demandé pourquoi elle avait quitté l'Europe. Il m'a semblé plus amusant d'évoquer son sac.

– Eh bien, il vient de la boutique du MoMa justement… Mais le plus drôle, figurez-vous, c'est que c'est vrai. Je suis cleptomane. Ou plutôt je l'ai été. Longtemps. En l'occurrence, je n'ai pas pu résister. Comme ils disent ici, j'ai « lifté » ce sac pour l'offrir à ma mère… qui l'est aussi. Comme sa propre mère ! C'est une spécialité qui traverse les générations dans notre famille.

Elle rit une nouvelle fois. Reprit du champagne – elle n'en était pas à ses premières coupes – puis se mit à me raconter. Sa cleptomanie et surtout ce sur quoi, sans qu'elle en revienne elle-même, elle avait débouché.

Elle ne s'appelait pas Valentine de Lestrange mais, à condition que je change son nom, elle voulait bien que je lui « vole » son histoire pour en faire un roman.

Belle prise, pensa Lestrange. Elle souriait intérieurement. Pour une belle prise, oui, c'en était une. Légère, si légère... Et avec ça, des formes parfaites. Polies, arrondies. Comme un énorme galet d'obsidienne monté sur des roulettes. Dans le temps, pensa-t-elle, on aurait appelé ça une mallette. Elle sourit encore. Mais pour une autre raison cette fois. Parce que mallette était – comme chandail ou flagornerie –, l'un des mots favoris de sa grand-mère, l'inénarrable Madeleine, dite Maddy ou, plus opportunément encore, Mad de Lestrange. Dans un flash, elle revit ses longs doigts tordus, comme de vieux ceps de vigne couverts de bagues. Tordus mais toujours agiles... Une mallette donc... Mais bon. Aujourd'hui on disait plutôt une valise.

Une valise de marque Tumi en l'occurrence. Lestrange baissa à nouveau les yeux et l'enveloppa du regard. Une belle prise, sans aucun doute.

Elle aurait été incapable de dire comment ça s'était passé exactement. Comment ses gestes s'étaient enchaînés et par quel miracle, tandis qu'elle serrait dans sa paume le plastique velouté de la poignée, la petite malle s'était mise à rouler docilement derrière elle. Cela s'était fait. Voilà tout. Comme sur des roulettes. Silencieuses et bien huilées... Le reste, elle s'en fichait. Elle était à Venise, à l'aéroport Marco Polo. Elle descendait du lounge où elle venait de passer trois quarts d'heure – elle aimait toujours arriver en avance pour prendre ses avions. Le salon des « frequent flyers » – cette manie qu'ils avaient, même en Italie, de donner des noms anglais à tout – n'était pas magnifique, elle en avait vu de bien plus beaux partout dans le monde, avec leurs hautes verrières ouvrant sur les pistes, leurs gigantesques murs végétalisés et leur cuisine de chefs, mais il avait toujours été, comment dire, généreux avec elle. Lestrange connaissait par cœur la façon dont il était agencé, avec son bar en libre-service au milieu de l'espace, son revêtement en inox et ses placards de faux bois crème. Fidèles à leur image et confiants dans la vie, les Italiens ne les fermaient jamais à clé. Lestrange savait que celui du milieu contenait la réserve de prosecco. Chaque année, lorsqu'elle revenait de la Biennale d'art contemporain, elle s'y approvisionnait. La plupart du temps, elle était d'humeur joyeuse. Soulagée de s'être bien tirée de sa communication sur Jan Voss ou d'avoir engrangé une commande pour un dessin de Matisse... Elle se plantait alors devant la mine de prosecco avec l'idée confuse que, ma foi, elle avait bien mérité sa récompense. Qu'elle le valait bien, comme disait une sotte publicité. Lorsque personne ne la regardait – les gens autour étaient plongés dans *How to Spend It* (pour les plus futiles) ou absorbés par les images de BBC World (pour les plus graves) –, elle s'emparait prestement d'une bouteille qu'elle couchait au fond de son sac à main comme sur un nid douillet.

Quelques heures plus tard, dans la cuisine confortable de son hôtel particulier de Neuilly. Regarde ce que j'ai rapporté ! disait-elle à son mari. Villa Arfanta. Pas une grande marque, mais il se laisse boire, tu ne trouves pas ?

Le prosecco de la Biennale était un rite qui s'accompagnait parfois d'un panforte aux amandes détourné, lui aussi, à un étalage du duty free. Dans l'entourage de Lestrange, personne ne se doutait de quoi que ce soit. Encore moins son mari. Ils le boiraient ensemble même si, ces derniers temps, ils évitaient le sucre et les excès d'alcool. Et s'il n'était pas là, elle trouverait bien quelqu'un à qui l'offrir, cette bouteille. Sa gardienne ? Sa femme de ménage ? Lestrange trouvait toujours formidable de faire des cadeaux qui ne coûtaient rien.

Cette fois-là, pourtant, elle constata que le salon Alitalia de Marco Polo avait été entièrement refait. Les nouveaux placards étaient fermés à clé. Et en libre-service, on ne trouvait plus que des bouteilles de montepulciano entamées avec un affreux bec verseur en métal. Impossibles à transporter. Tant pis. Il fallait être philosophe dans ce métier, se dit-elle. À Paris, elle expliquerait qu'elle était pressée, qu'elle avait failli rater son vol, qu'elle rentrait les mains vides.

D'ailleurs, il était l'heure d'y aller. Lestrange descendit l'escalier roulant et chercha la porta d'imbarco 13 où une queue commençait à se former. Elle n'avait pas envie d'attendre. Ne supportait pas d'attendre. Elle se présenterait au dernier moment, comme toujours. Et tandis que son œil se promenait sur les vitrines alentour, une jolie bagagerie soudain attira son regard. Il y avait là des pyramides de valises de toutes tailles, matières et couleurs. Unies, flashy, fluo, pailletées. Comme une installation. Les blocs cyclopéens de Mycènes revisités par un sculpteur postmoderne. Lestrange s'avança dans les entrailles de ce temple profane pour constater qu'aucun grand prêtre ne le gardait. Le vendeur buvait-il un café quelque part ? À cet instant, et quasi machinalement, elle saisit la poignée d'une petite valise noire qui se trouvait à portée de sa main, non loin de la sortie, et qu'elle jugea particulièrement élégante et sobre. Son plastique mat était incroyablement lisse et doux. N'était-ce pas là un bagage cabine idéal pour ses nombreux déplacements ?

– *Non c'è nessuno* ? demanda-t-elle d'une voix forte.

À ce moment précis, les instants magnétiques s'enclenchèrent. C'est comme ça qu'elle les appelait. Ces quelques secondes d'attente, élastiques et excitantes. Lestrange les connaissait intimement. Physiquement. Des fragments de temps hors du temps, où tout se balançait. Tout paraissait possible. Je le fais ou je ne le fais pas ? Je la prends ou je ne la prends pas ? Je pars avec ou j'attends encore ?

– Plus impatiemment, elle répéta : *Non c'è nessuno... ?*

Ces secondes, elle les ressentait chaque fois de la même façon, longues et intenses, s'étirant l'une après l'autre comme dans une séquence de film au ralenti. En même temps, tout s'y décidait à une vitesse démoniaque. Une force s'emparait d'elle tandis qu'elle-même s'emparait de l'objet. Lestrange tendait le bras et se voyait le tendre. Il lui semblait que son cerveau tournait à plein régime, qu'il percevait simultanément bien plus de deux cents images par seconde. Qu'il enregistrait de manière subliminale ce qui se passait autour d'elle, dans la boutique et bien au-delà, comme si elle, Lestrange, avait des yeux tout autour de la tête. Mais qu'il captait aussi, dans un déroulé rapide et fluide – tel une petite caméra descendant à toute allure le long de son bras –, chaque détail de ce dernier : le biceps frémissant sous sa peau fripée, la fine attache du poignet avec le petit os saillant sur la partie externe, les grosses veines bleues et les taches brunes de plus en plus nombreuses du dos de la main, les articulations souples et les phalanges mobiles – très mobiles encore, peut-être à cause de tant d'années passées à enfoncer des touches de piano dans sa jeunesse, ce qui n'avait strictement servi à rien d'un point de vue musical – pour finir en gros plan sur ses doigts effilés, lesquels s'ouvraient puis se refermaient sur leur proie comme les griffes d'une pince à sucre.

Il y avait là du calcul mais aussi autre chose. De l'instinct. Une pulsion venue de Dieu sait où. Et ce défi qu'elle se lançait à elle-même. Au fond, ce *Non c'è nessuno ?* voulait dire : il y a quelqu'un en toi Lestrange ? Voyons un peu si tu vas oser ou pas. De quelle trempe tu es. Comment, cette fois, tu vas t'y prendre…

Oui, il y avait tout ça dans ce tout petit, ce micro laps de temps qui l'avait toujours électrisée et dont elle avait besoin. Par sécurité, elle appela une dernière fois. Personne ne répondit sauf la voix du dernier appel : « Il volo numero AZ 1710 per Parigi... »

En se retournant, elle vit que la queue à l'embarquement avait fondu. Alors, sans lâcher la Tumi, elle se dirigea doucement vers le guichet d'embarquement. Sans plus réfléchir. Vide et légère, comme la petite valise.

Elle marchait d'un pas sûr, sans hâte. Le cœur battant, l'air dégagé. Au fond, quoi de plus naturel que d'arpenter un aéroport avec une ou même deux valises à la main ? Elle regardait droit devant elle en souriant intérieurement. Ses battements de cœur indiquaient qu'elle était vivante. Et elle l'était, plus que jamais, en ces moments-là. Satisfaite et heureuse.

Une belle prise décidément, repensa-t-elle. Ce qu'on appelait dévaliser, au sens propre du terme.

*

Valentine de Lestrange était cleptomane. Je suis cleptomane et je n'en ai pas honte, se disait elle. Ça l'amusait formidablement. Comme un jeu. Chat et souris. Souris contre chat. Quand elle y réfléchissait, elle avait un peu honte, mais seulement un peu. Et encore. Quand elle y réfléchissait... ce qui n'arrivait presque jamais. Et même alors, oui même alors, elle n'était pas sûre de la vraie nature de ce scrupule. Le plus probable, c'était qu'elle avait honte de ne pas avoir honte. Non, il fallait être franc. En fait, elle n'avait pas honte du tout.

Ce qu'elle ressentait, c'était un plaisir épatant. L'excitation du danger, la jouissance du passage à l'acte. Le flash d'adrénaline, comme un éclair d'orage dans un ciel plombé. Une petite zébrure là-haut dans les circonvolutions de ses architectures neuronales. Cinglante. Voluptueuse. Un orgasme cérébral… Il arrivait même que voler soit la seule chose qui lui remonte le moral quand elle ne l'avait pas. Sauf qu'elle ne se disait jamais qu'elle volait quand elle volait. Elle détestait ce verbe. Affreux. Tellement banal. Vulgaire presque. Dans le feu de l'action, jamais ce terme ne lui venait à l'esprit. Il y en avait tant d'autres. Tellement plus imagés et poétiques. Comme – elle s'amusait parfois à en faire des listes… – comme ravir, dérober, détourner, soustraire, subtiliser, distraire, délester, escamoter, chaparder, détrousser, barboter, chourer, chouraver… Sans parler de filouter ou de friponner, qui vous avaient un petit air ancien et coquin : une invitation au passage à l'acte.

Mais son préféré était encore plus simple. Son préféré, c'était « faire disparaître », qui renvoyait à la beauté enfantine d'un tour de magie. Tu la vois cette paire de gants ? Hop elle est là. Hop, elle n'y est plus. Un côté bonneteau sur les remparts de Budapest. Illusionniste à la Robert-Houdin. Oui, elle aimait beaucoup « faire disparaître ». Et puis, quand aucun de ces mots ne convenait, elle s'était, dans sa tête, forgé le sien propre. Tout bête. Et complètement à elle : « clepter ». Un verbe du premier groupe. Avec son bref substantif, clept, qui suggérait bien la rapidité du geste. Une petite pirouette… et tac, in my pocket. Un petit clept et son humeur changeait. Elle avait remarqué ça. En cleptant, elle allait mieux. Bref, en un mot comme en cent, ravir la ravissait.

*

Comme en ce jour de janvier, froid et humide, où elle remontait la rue Bonaparte. C'était la période des soldes à Paris. Chez Max Mara, au coin de la rue du Four, il y avait un monde fou et pas assez de vendeuses. Les pauvres couraient partout. Lestrange était entrée sans idée derrière la tête. Elle se promenait au sous-sol, regardant, écartant les vêtements les uns des autres, détachant un cintre de son portant, essayant, farfouillant, fouinant. Était-ce sa faute si elle était tombée sur une étole en cachemire noire qui ne portait pas d'antivol ? Elle avait vérifié. Toutes les autres en avaient, sauf celle-là. Un oubli.

Tic, tac, tic, tac… les secondes magnétiques. Elle les avait senties alors. Entendues dans sa tête. Tic, tac. Elle avait voluptueusement enroulé l'étole autour de son cou blanc (un cou dont elle était très fière parce que, pour son âge, il n'était pas ridé du tout, ce qui était peut-être le résultat des produits La Prairie au caviar barbotés depuis tant d'années dans les Duty Free). Elle avait jeté un coup d'œil au miroir. Hmmm. Jolie qualité. Combien de fils ? Qu'importe. Suffisamment pour se donner la sensation que l'objet faisait d'elle une autre femme. Encore plus chic et désirable. Comme si, en s'enroulant dans cette écharpe neuve et précieuse, elle le devenait elle-même. Neuve et précieuse.

Elle sourit à demi et, commençant à penser à la sortie, remonta les marches, comme absorbée dans ses pensées. Au rez-de-chaussée, il y avait un portique de chaque côté de la porte. Un portique, oui, mais qui ne sonnerait pas. Qui ne devait pas sonner, se disait-elle. Par acquit de conscience, elle palpa de nouveau l'étole de bout en bout. Un peu comme faisait sa mère quand elle achetait des foulards en Inde, autrefois. Elle se revoyait petite avec Nina de Lestrange. Surtout, elle la revoyait, elle. Testant la soie en même temps qu'elle marchandait dans les échoppes d'Old Delhi. Si le foulard passait tout entier dans sa bague de mariage, c'était bien de la soie véritable, avait-elle expliqué à Valentine.

– Sinon, tu es en train de te faire gruger !

Lestrange pensait à elle en tirant de la main droite l'écharpe de cachemire à travers son poing gauche fermé. L'écharpe glissait, fluide et duveteuse, à l'intérieur de sa paume. Ni puce, ni rectangle de plastique : juste la fibre douce et mousseuse. Un délice.

Tic, tac. Analyser-prévoir-décider-agir. Tour d'horizon. Trois cent soixante degrés. Nul ne semblait prêter attention. Du reste, quiconque l'aurait regardée aurait eu l'impression d'une cliente réfléchissant avant d'acheter. Jouant avec son écharpe comme on peut le faire machinalement quand on est indécis ou plongé dans ses pensées. C'était le moment. Lestrange se lança. Lentement, elle avança entre les parois de plastique transparentes. À chaque pas, elle s'attendait à ce que la sonnerie se déclenche. Pensant à ce qu'alors elle pourrait inventer… Un pas. Elle se rassurait en se parlant à elle-même. In petto. Ça ne doit pas sonner, Valentine. Rationnellement, tu as tout vérifié… Deux pas. Bien sûr que non, ça ne devait pas sonner mais qui sait ce que les types de la sécurité étaient capables d'inventer. Autrefois, c'était différent. Un autre métier !

Rythme cardiaque. Accélération. Peur. Mais légère, pas désagréable… Une peur qui la portait en avant. Lui soulevait la jambe presque, pour lui faire faire le troisième pas… Elle se voyait jouer les innocentes. La vieille dame égarée qui ne comprenait rien. Pardon ? Vous dites… ? Je suis sortie avec… ? Ah, mais c'est bien possible. Ouh la la, voyez-vous ça. C'est la tête, vous savez… Elle misait sur son physique et ses yeux pâles. La dame d'un certain âge, tellement comme il faut. À ce stade, tout le monde se trompait. Ils comprendraient. Pas de scandale. Ça nuirait à l'image du magasin. Troisième pas... et, voilà... Elle était de l'autre côté. Libre comme l'air froid qui lui piquait les joues. Voilà. C'était fait. Et bien fait. Aussi simple que ça. Pas besoin de s'en faire une montagne.

*

À chaque fois, elle n'en revenait pas. Est-ce que, contrairement aux autres formes de plaisir, celui de clepter ne s'usait jamais ? Parfois elle marquait un temps d'arrêt au milieu du portique. Pour voir s'il sonnait – elle pourrait toujours dire qu'elle s'était approchée trop près. Et toujours après en tout cas. Pour humer l'air de la liberté. Comme un type qui sort de taule, allume une cigarette et regarde le soleil. Étonné. Reconnaissant. Le temps d'arrêt, c'était important. Elle savourait sa victoire. Et puis elle ne voulait pas donner l'impression de fuir. Elle ne courait jamais. Humiliant. À son âge, elle n'aurait pas fait le poids de toute façon. Mais l'idée même lui paraissait saugrenue. Fichant en l'air toute la beauté de l'entreprise. Elle faisait quelques pas dans la rue. Mimant la flânerie. Léchant la vitrine d'à côté. Puis elle s'éloignait. Zen.

Alors qu'elle remontait la rue Bonaparte, Lestrange trouva le froid de plus en plus mordant. Mais son cou, son menton, le bout de son nez et ses oreilles s'enfonçaient dans la suave texture. Large et délicieuse étole qui frôlait sa bouche. Elle en pinçait un morceau entre ses lèvres, soufflant dans le délicat maillage un air chaud qui lui revenait sur les joues. Place Saint-Sulpice, elle enlèverait l'étiquette. Elle aurait une moue en regardant le prix, puis jetterait le petit carton dans une poubelle publique. Oui vraiment, le froid piquait ce jour-là. Elle avait bien fait de prendre des mesures.

*

Elle était née Violaine, mais détestait ce prénom. Violaine. Viol/haine. Ou pire encore viol/laine qui suggérait toute l'hypocrisie de son milieu, la violence cachée sous la surface douce. Vers sept ou huit ans, elle s'en était choisi un autre. Sorti de son chapeau. Valentine. Pourquoi pas Valentine ? C'était joyeux, léger. Adieu Violaine, désormais elle serait Valentine et ne répondrait plus qu'à ça… C'était en Indre-et-Loire où elle grandissait, enfant unique, avec sa famille maternelle. Sa mère, Nina de Lestrange, veuve à trente-deux ans, vivait désormais avec Bob, un avocat américain qui « commutait » entre Manhattan et l'Indre-et-Loire. Et ses grands-parents maternels, fantasques, un peu bohèmes et passablement désargentés. Ils habitaient là, dans ce château trop vaste et mal entretenu.

Lorsque Violaine avait décidé de ne plus s'appeler Violaine mais Valentine, sa grand-mère Mad avait ri.

– Valentine, tiens donc. J'avais une ancêtre... *Nous* avions une ancêtre... Enfin, un jour je te raconterai...

Un jour, plus tard. Ce n'étaient pas les sous-entendus qui manquaient dans cette famille. Ni les non-dits, les confidences étouffées, les secrets. Un jour, plus tard, Lestrange se demanderait pourquoi elle détestait autant Violaine.

*

Comment ça avait commencé ? La toute première fois ? Dans ce village d'Indre-et-Loire où ses cousins venaient passer les vacances. Il n'y avait pas grand-chose à y faire, à part la cueillette des cassis et la gelée de groseilles à maquereau, sous la houlette – la spatule en bois – de leur grand-mère Maddy. Quand les bocaux étaient remplis et encore chauds de ce liquide nacré qui commençait à prendre, Mad procédait à une distribution de « sous ». « Vous vous achèterez des bonbons. » Avec son cousin Éric, Lestrange sautait sur un vélo et dévalait la côte. Direction : le centre du village. Là, tout commençait. Ivresse de la liberté. Transgression. C'était la saison du Tour de France : Éric se prenait pour un coureur cycliste. Anquetil était son modèle. Sur la selle, il était le cycliste, le commentateur et la foule en délire. Hurlant dans la descente : « Et voilà que Jacques Anquetil... » Le reste de ses paroles se perdait dans le vent. Ils passaient devant l'église et il criait de plus belle : « Voilà que Jacques Anquetil se détache du peloton... Il dépasse Eddy Merckx... Oui, oui Léon Zitrone, j'ai bien dit, il dépasse Eddy Merckx... » Lestrange entendait « Jakanktil » et « maillot jaune ». Elle ne saisissait pas tout. Mais suffisamment pour comprendre que son grand cousin, Jakanktil, était en train de gagner l'étape sous les hourras du public. Elle le voyait lâcher son guidon et, les bras en l'air, arriver en vainqueur sur la place du village où il freinait et dérapait bruyamment.

Il y avait deux boulangeries dans ce bourg. Les Lestrange fréquentaient toujours la même, la première à droite en descendant la côte. Enfants, Valentine et son cousin franchissaient la porte de verre. Cling. La boulangère les reconnaissait. Deux blondinets aux yeux bleus. « Les p'tits Lestrange... » Ils venaient pour les roudoudous, les guimauves, les frites acidulées et les rouleaux de réglisse avec une boule fluo au milieu. Jakanktil avait un faible pour les malabars mais Mad détestait les voir mâcher des « cheuvigne gommes », comme elle les appelait. À ses yeux, les cheuvigne gommes étaient le pire symbole de la culture américaine. Elle supportait encore moins de voir ses petits-enfants souffler dans la pâte pour en faire des bulles translucides. Des bulles qui en éclatant, laissaient d'immondes filaments roses sur leurs lèvres et sur leurs joues. Sans parler des décalcomanies. Summum de la vulgarité.

Alors Lestrange, très sagement, achetait des nounours en chocolat ou des boules de coco aux couleurs chimiques. Et tandis que la boulangère pesait le sachet, Éric, dans son dos, chapardait les précieux malabars. Un jour, ils avaient inversé les rôles. Ils étaient sortis sans rien dire, mais Valentine lisait l'admiration dans le regard de son cousin. Elle, une fille, une petite, avait pris ce risque. Alors qu'ils remontaient la côte à vélo, Lestrange s'était sentie telle une mini Mata Hari. Au château, alors que Mad tuteurait ses clématites et que leur grand-père retraduisait la *Guerre des Gaules*, les jeunes filous, trempés de sueur, filaient discrètement dans la chambre du grenier. Une petite pièce en soupente tendue de toile de Jouy où, sous l'œil complice des personnages, dans une atmosphère de danger et de griserie, ils se partageaient le butin. Du sucre qui donnait du sel à leurs journées. Plus que jamais ils savouraient ces moments où ils prenaient la pleine mesure de ce qu'ils étaient. Pas des jeunes friponneaux à vélo. Mais des super-héros. Superman, Batman, Spiderman, Cleptoman.

Un jour pourtant, tout ça était remonté aux oreilles des adultes. Leur grand-père était dans tous ses états. Les cousins avaient eu droit à une punition au martinet. Et comme le martinet n'avait plus guère de lanières, monsieur de Lestrange avait tapé avec le manche. Après quoi, il leur avait administré un cours de morale sur le thème « Qui vole un œuf… », suivi d'un autre de géographie. Est-ce qu'au moins ils savaient, ces deux nigauds, qu'il existait une île Malabar ? Une île oui… Et qui avait probablement été découverte par des marins arabes à la fin du Moyen Âge. Aujourd'hui, personne n'y habitait sauf des tortues géantes, avait-il ajouté. Un détail qui avait fait immédiatement rêver les deux cousins.

Mais autant leur grand-père était contrarié, autant Mad s'en amusait. Sans le montrer bien sûr. Surtout devant son mari. Les enfants pourtant n'étaient pas dupes. Ils voyaient bien à quel point l'affaire Malabar la faisait rire intérieurement. Et quand elle la raconta à sa propre fille – Nina, la mère de Valentine – les cousins les surprirent toutes deux qui riaient de plus belle. Valentine avait entendu des mots inconnus « lignée », « atavisme », « génétique »… Éric était revenu sur les propos du grand-père. Soulignant que si c'était vraiment pareil, celui qui vole un œuf ferait mieux de voler un bœuf, même si c'était sûrement plus compliqué. Il fallait être sacrément balèze pour voler un bœuf, la vache !

Finalement, tout était rentré dans l'ordre. Mad avait emmené les enfants s'excuser. Et dédommagé la boulangère. Puis elle avait changé de crémerie : elle prendrait désormais son pain aux graines dans l'autre boulangerie.

Pour Lestrange, ce fut l'un des points de départ. Le malabar lui avait donné le goût, sucré et addictif, de la transgression. Une fois découvert, ce plaisir était d'ailleurs comme le cheuvigne gomme, il pouvait vous coller aux dents. Longtemps. Plus tard, Valentine nourrirait une admiration sans borne pour les derniers de la classe, les habitués du radiateur, les chahuteurs du dernier rang. Ceux qui, en répondant au prof, faisaient tordre de rire tous les autres. Elle avait eu vite fait de comprendre que les adultes se rassuraient en créant des notes, des examens, des rituels en tout genre. Elle garderait toujours un faible pour les atypiques. Ceux qui collectionnaient les heures de colle et que n'inquiétaient pas les avertissements. Ils étaient pour la plupart intelligents et pleins d'esprit, mais ne rentraient pas « dans la boîte ». Un jour, elle avait piqué un T-shirt avec cette inscription : « Don't think outside the box. Think like there is no box. »

*

Être insolente, surprendre, Valentine avait toujours aimé ça. Pour désarçonner l'interlocuteur. Le mystifier. Et si je n'étais pas celle que vous pensiez connaître ? Valise, cachemire et malabar, ah ah, vous n'auriez pas cru ça de moi, n'est-ce pas ? En faisant surgir un aspect caché de sa personnalité, Lestrange se donnait à elle-même un surplus de densité. De mystère. Encore une fois, la transgression, comme le malabar, pouvait prendre toutes les formes, grande ou petite. Ce qui importait, c'était la satisfaction profonde de passer de l'autre côté. Comme si l'excitation venait combler quelque chose.

Qui vole un œuf vole un bœuf ? Son grand-père avait peut-être raison sur le plan moral. Mais ce qu'il ne savait pas – il n'était pas assez hédoniste pour avoir jamais éprouvé cela –, c'était que du point de vue de la gratification aussi, c'était la même chose. Quand on s'appelait Maddy, Nina ou Valentine de Lestrange, voler un œuf ou un bœuf procurait le même plaisir. Une échappatoire à l'ennui. À « l'Ennuiii » comme disait Maddy en appuyant sur le *i*. Elle déclamait alors ses vers favoris. Avec ses gestes amples et sa voix théâtrale :

« Mais parmi les chacals, les panthères, les lices / Les monstres glapissants, hurlants, grognants, rampants / Dans la ménagerie infâme de nos vices / Il en est un plus laid, plus méchant, plus immonde ! » Là elle s'arrêtait, la voix en l'air, le suspense à son comble. Puis, plongeant ses yeux bleus dans ceux de Valentine : « C'est l'Ennuiii », terminait-elle avec un index accusateur. Comme s'il touchait le point du *i*.

Cette allergie, on se la repassait de mère en fille chez les Lestrange. Et Valentine était née comme ça : intolérante à l'ennui comme on peut l'être au lactose ou au gluten. Du moins elle le pensait... À moins que ? À moins que l'ennui n'ait surgi après ? Avec l'angoisse du vide ? Le fait est qu'elle ne s'ennuyait pas avant la « mort » de Pap.

*

Pap, c'était son père. Elle l'avait peu connu. Dans cette famille où l'on ne parlait guère, elle avait fini par comprendre que Pap avait couché avec la sœur de sa femme Nina. Peut-être même avait-il pris sa virginité comme Freud celle de Minna ? Quoi qu'il en soit, Nina l'avait chassé, tôt après leur mariage. Gommé de sa vie. Pour mieux faire la cour à Bob, ce *lawyer* américain qu'elle venait de rencontrer ? Il était très épris d'elle, mais il était marié. Nina avait néanmoins réussi à le soustraire à sa femme. Bob avait divorcé. Les humains aussi passaient leur temps à se voler les uns aux autres.

*

Veuve à trente-deux ans. On avait fait courir cette légende dans la famille à propos de Nina. Valentine l'avait crue. Officiellement son père était mort dans un accident de voiture. Elle s'était réveillée un matin et pfuitt, envolé, plus de Pap. Elle ne gardait aucun souvenir de ses funérailles. Mais elle avait six ans. Une fillette de six ans… On n'allait pas la traumatiser avec un enterrement. C'était ce qu'on lui avait toujours dit. Elle ne se rappelait pas les funérailles mais ce dont elle se souvenait très bien, c'était le vide sidérant qui s'était installé dans sa tête et dans son ventre. Ce vide qui ne l'avait plus quittée. La veille encore, Pap était là. L'adulant. La couvrant de surprises et de cadeaux. Elle revoyait cette salopette jaune dont elle avait toujours rêvé. Il était revenu avec, un jour. Jovial, hilare. Si heureux de lui faire plaisir. Une autre fois, elle avait découvert, enveloppés dans du papier de soie, ses premiers mocassins vernis. Pap lui répétait à quel point ils lui faisaient la cheville élégante – « c'est important les fines attaches ». À quel point elle était gracieuse. Sa fille chérie. Sa princesse…

Elle comprenait maintenant. Sans doute cherchait-il à se faire pardonner ses frasques. Père volage. Souvent ailleurs. Il avait volé la virginité de sa tante. Puis il avait disparu. Elle ne se rappelait pas ses funérailles, et pour cause. Il n'y en avait jamais eu. Nina l'avait chassé. Peut-être avait-il refait sa vie. Fondé une autre famille. C'était probable quand elle y réfléchissait. Un homme de cet âge.

Ce qui était certain, c'était, comment dire ? L'angoisse de la séparation ? Le sentiment d'abandon ? Ces mots d'adultes n'étaient pas ceux qui lui venaient. Ce qu'elle voyait, c'était l'image du puits obscur que ça avait creusé en elle. Que ça creusait encore. Plus effrayant qu'une tombe. On pouvait y jeter des tombereaux de terre. Y déverser tout ce qui vous passait sous la main. Le gouffre demeurait béant. Est-ce que ça pouvait exister ça ? Un trop plein de manque ?

*

Dans son souvenir, la scène des malabars se situait à peu près à cette époque. Ensuite, il y avait eu le changement de nom. Elle serait donc Valentine. Valentine de Lestrange. Pouvait-il y avoir une composante génétique dans la cleptomanie ? Elle se posait parfois la question. Sinon comment expliquer que Nina et Maddy, sa mère et sa grand-mère, en souffraient elles aussi ? D'accord, souffrir n'était pas le verbe exact tant il y avait de jouissance sous cette « souffrance ». Ce que voulait dire Valentine, c'est qu'on était cleptomane de mère en fille chez les Lestrange. De la même façon que, dans la famille, toutes les femmes étaient rousses.

Ça, le gène des cheveux, il était facile d'en retrouver l'origine. Maddy l'avait reçu d'ancêtres irlandais immigrés en Bretagne au XIXe siècle. C'est là qu'elle avait vécu son enfance. Jusqu'à l'affreuse famine qui avait sévi en 1903. Cette année-là, la sardine qui faisait vivre la région n'avait pas paru. Et pour comble de malheur, l'été pluvieux avait annihilé la récolte de pommes de terre. Tubercules pourris. Provisions épuisées. La misère s'était installée un peu partout sur les côtes du Finistère et du Morbihan. En 1903, la petite Madeleine avait sept ans lorsqu'elle fut témoin d'une scène épouvantable. Sa mère avait volé du pain pour les nourrir, elle et son frère. Mais elle s'était fait prendre. Honte, honte et honte. Dans ce pays si profondément catholique, Maddy avait ressenti dans sa chair d'enfant l'humiliation infligée à sa mère. Jamais elle ne l'avait oubliée. Elle s'était mise à subtiliser des choses elle aussi. Comme par solidarité. Pour montrer à sa mère qu'elle était de son côté. Que la misère n'aurait plus jamais droit de cité.

Et ce fut le cas. Quittant la Bretagne, ses parents s'installèrent à Paris. Les affaires du père devinrent prospères. À dix-neuf ans, Maddy était une sculpturale jeune femme aux yeux bleus et à la chevelure de feu, qui s'apprêtait à épouser Bertrand de Lestrange. Elle était à l'abri du besoin. Mais, bizarrement, son habitude de clepter n'était jamais passée. Lorsqu'elle avait été mère à son tour, elle avait donné le mauvais exemple à sa petite Nina qui, la voyant faire – et sentant très bien qu'elle y prenait du plaisir –, s'y était mise aussi. Et plus tard Valentine.

*

– Valentine… ? Valentine… ?

C'était la voix de Pierre-Antoine. La voix d'un mari pressé.

– Tu n'aurais pas vu mon iPad ?

Il avait souvent égaré quelque chose à 7 h 10. Au moment où son chauffeur l'attendait dans la rue depuis dix minutes. Le moment où il commençait sa journée en retard – déjà en retard – et où son impatience était palpable.

– Ah, non, ça y est… je l'ai ! Ciao…

Il avait dit ça d'un ton un peu coupant. Mais Valentine avait l'habitude, elle lui pardonnait. Son travail avait une telle importance. Ils n'avaient pas d'enfants. Ça s'était trouvé comme ça. Il n'en souffrait pas. Le ministère, les affaires du pays prenaient toute la place. Et elle ? Au début peut-être. Mais maintenant elle ne se posait plus la question.

– Ciao, répéta-t-il

Pas le temps de se lever et d'enfiler un peignoir pour lui dire au revoir. Elle avait entendu le claquement métallique de la porte blindée. Puis le silence. Un matin comme les autres où elle serait seule jusqu'à l'arrivée de Maria. Seule avec le chat.

Dix minutes plus tard, sur la table de nuit, un texto s'affichait sur son téléphone. Elle imaginait son mari assis derrière les vitres opaques de sa voiture de fonction. Exactement dans la diagonale de son chauffeur et bien calé dans le siège de cuir souple à l'arrière. Elle voyait son costume anthracite élégamment coupé, la soie sauvage de sa cravate, ses chaussures noires, brillantes, impeccables. Sur l'accoudoir, à ses côtés, la presse du jour. Pierre-Antoine jetterait un œil sur les titres. Puis sortirait son portable. C'était la façon dont il commençait ses journées. Une salve de textos pour se mettre en forme.

– Val, n'oublie pas le dîner demain soir, disait celui-ci. Ambassade du Mexique. 21 heures. Le PR sera là.

Le PR, le président de la République.

– Un dîner officiel, soupira Valentine en fronçant le nez. Tout ce qu'il nous fallait !

Elle jeta le portable sur la courtepointe de velours qui recouvrait le pied de leur lit. Le chat tressaillit puis se rendormit. La meilleure chose à faire.

*

De formation, Valentine de Lestrange était historienne de l'art. Elle avait fait l'École du Louvre. Un peu de droit aussi, pour rassurer son entourage et étoffer son carnet d'adresses. Elle n'était pas mauvaise en réseautage. C'était comme ça qu'elle avait connu Pierre-Antoine Berg. PAB pour les intimes. Au bal de l'X, à l'Opéra. Il détestait danser, cela se voyait au premier coup d'œil, mais, au moins, il l'avait fait rire. Le seul dans cette assemblée assommante où les autres s'évertuaient à lui expliquer les fondements de la mécanique quantique. PAB, lui, n'était pas un vrai scientifique. Très vite, il était devenu banquier, un talentueux banquier d'affaires à qui tout semblait réussir. Très vite, il était devenu riche. Si bien que Lestrange n'avait jamais eu besoin de travailler. Du moins pas au sens commun du terme. Ce qui ne l'empêchait pas d'être parfaitement reconnue dans son domaine. Elle expertisait, conseillait, écrivait des articles et des monographies, signait des préfaces. En matière d'achats et de ventes, deux clients fidèles, l'un à Londres, l'autre à Shanghai, assuraient son chiffre d'affaires. Pour le premier – un neurochirurgien passionné d'art du XXe siècle –, elle avait récemment déniché un dessin de Matisse qui lui avait permis de vivre quelque temps sur une commission confortable. Au deuxième, un homme d'affaires chinois – un trentenaire versé dans l'art contemporain –, elle fournissait surtout conseils et suggestions d'achats. Il les suivait pour chacune de ses acquisitions. Ces temps-ci, elle lui proposait avant tout de jeunes plasticiens cubains. Elle trouvait la nouvelle scène artistique de La Havane particulièrement prometteuse. Elle y faisait ses emplettes, régulièrement. Grâce à un ami conservateur, elle avait fini par se faire introduire directement auprès des futures valeurs sûres de l'île. Elle les voyait dans leurs ateliers puis faisait le plein d'œuvres qu'elle revendait avec une marge indécente. À ce Chinois. Ou à des galeristes. Ces derniers étaient à Londres, Bâle et Shanghai. Elle aimait cette existence de luxe et de dilettantisme.

*

C'était bien sûr grâce à Pierre-Antoine que tout ça était possible. Et pas seulement matériellement. Il l'avait tout de suite encouragée dans cette voie. Il aimait la peinture lui aussi et il avait un œil à défaut de temps. À la banque, pendant quelques années, il avait été l'un des meilleurs en fusions-acquisitions. Un financier de haut vol, créatif et respecté de tous pour sa vision, son exigence, son souci du long terme. Son voisin de bureau, à l'époque, n'était autre que celui qui deviendrait plus tard le président de la République. Un jeune loup qui s'était fait un nom en politique et qui, grâce à un subtil cocktail en « ismes » – charisme, idéalisme, opportunisme – s'était hissé très vite vers les cimes du pouvoir. Après l'Inspection des finances, PAB et lui avaient fait leurs premières armes à la banque et fraternisé. De sorte qu'après l'élection, le président avait sollicité Pierre-Antoine pour entrer au gouvernement. Son intégrité faisait de lui, disait-il, le seul banquier en qui il avait confiance : l'incarnation d'une génération neuve dans la gestion de la chose publique. Un homme tout désigné pour s'asseoir dans un fauteuil de ministre.

Nul n'avait été étonné par cette nomination et, fait rare, la presse l'avait saluée presque sans réserve. Mais Valentine ne voyait plus beaucoup son mari depuis qu'il était à ce poste.

*

Du coup, elle avait du temps. Beaucoup de temps. Son carnet d'adresses avait beau déborder, il comptait peu de vraies amies. Elle sortait marcher seule dans les rues parisiennes. Se laissant dériver d'un point à un autre. Ses itinéraires semblaient des errances. Une héroïne de Cassavetes. Livrée à elle-même. Solitaire.

Autrefois, elle avait été inquiète. Tourmentée par mille questions métaphysiques. Elle aurait voulu devenir sculptrice. Une grande sculptrice. Louise Bourgeois ou rien. C'était le rien qui s'était présenté. Elle n'avait jamais percé. Tant pis. Elle ne le regrettait plus. Un être sans destin. Envoyé par hasard. Ni pour être quelqu'un, ni pour faire quelque chose. Elle s'appliquait à voir ça comme un but, désormais. N'être personne. Ne rien laisser. Ni œuvre. Ni enfants. Elle admirait l'engagement de Pierre-Antoine, mais ça n'était pas pour elle. Parfois, cela lui paraissait même dérisoire. Les grands idéaux, travailler à faire le bonheur des autres : est-ce qu'ils nous en seraient reconnaissants plus tard ? Mais accepter de n'être rien ne voulait pas dire s'ennuyer. Ça non. C'était dans l'instant qu'elle trouvait ses satisfactions. Jouer à relever des défis. S'emparer de choses – utiles parfois, dérisoires le plus souvent – était une manière de lutter contre le vide. Contre la mort peut-être.

*

De temps à autre, ils donnaient une soirée chez eux. Pierre-Antoine et elle. Là, PAB se détendait et ils se retrouvaient. On trinquait aux nouvelles acquisitions. Les toiles achetées par Valentine pour leur hôtel particulier de Neuilly. Ou celles qu'elle exposait temporairement chez elle avant de les revendre. La dernière fois, il avait semblé à Valentine que PAB était fier d'elle, de son métier, de son goût.

– Aux trouvailles de Valentine, avait-il dit en levant sa coupe.

Puis il s'était penché discrètement :

– Dis-moi chérie, c'est une nouvelle robe ?

Elle avait crânement placé les mains sur ses épaules, avant de le regarder dans les yeux. Amusée, elle repensait aux vendeuses qu'une fois encore elle avait si efficacement mystifiées.

– Elle te plaît ?

– Tu es radieuse, ma Val.

Il n'avait plus posé de questions. En général, d'ailleurs, il ne parlait guère. Ni de son travail ni de lui-même. Jamais de sujets essentiels. Ce qui ne l'empêchait pas d'être un orateur excellent, un brillant convive et un boute-en-train. En société, il plaisantait, il était drôle. Il trouvait systématiquement le mot pour faire plaisir.

– Radieuse, répéta-t-il en déposant sur sa nuque un baiser à l'Eau boisée de Guerlain. Ah... excuse-moi..., dit-il alors que son téléphone vibrait. Et il s'éloigna pour répondre à l'appel.

Elle entendit des mots à la volée.

– Panama papers... membres du gouvernement... Il faudrait l'appeler... Tu es sûr ?

Plus tard, elle repenserait à ce coup de fil. Mais sur le moment, elle n'y prêta pas attention. Cette affaire des Panama papers avait inondé la presse depuis plus d'une semaine. C'était certainement son directeur de cabinet. Au ministère, ils suivaient ça minute par minute. Quand PAB était revenu, il lui avait paru moins enjoué. Fébrile ?

Avant de rejoindre ses invités, Valentine jeta un œil furtif à l'un des miroirs alentour. Ce qu'elle vit lui plut. PAB avait raison. Cette mousseline de soie bleue... Un coup de maître pour une robe dérobée comme ça, sans essayage. Robe dérobée. Jupe déjupée. On aurait pu forger tant de jolis néologismes comme ça. Valentine aimait jouer avec les mots. Un jour à Bâle, quelqu'un lui avait appris que « piquer » en allemand se disait « klauen ». Die Klaue, ce sont les serres d'un rapace. Comme « claw » en anglais. La pince, la griffe. Elle baissa les yeux sur ses ongles un peu recourbés. Sourit. Puis fila retrouver ses invités.

*

Le lendemain, Valentine était d'humeur chagrine.

– Quelle plaie !

Et comme le chat la fixait de ses yeux jaunes, elle fit mine de lui expliquer :

– Cette soirée à l'ambassade du Mexique, mon vieux, quel ennui !

Elle avait choisi une robe noire, un peu formelle, qu'elle décida d'égayer avec l'étole Max Mara : ce serait son baptême, la première fois qu'elle la porterait en public. Elle opta pour un joli bijou (un seul), pas trop de maquillage (à son âge…), et d'élégants talons. Elle sortit de l'hôtel particulier juste à l'heure (PAB avait horreur qu'elle soit en retard), traversa le jardin (maudits soient les escarpins dans les gravillons) et vit le chauffeur (il l'attendait près de la porte ouverte). Il existait au moins un bon côté aux sorties officielles. PAB lui envoyait sa voiture chaque fois qu'il l'obligeait à y assister.

Ils se retrouvèrent à l'ambassade.

– Señora… puis-je prendre votre vêtement ? interrogeait la jeune Mexicaine du vestiaire.

Heureusement qu'il n'était pas monté sans elle. Elle avait horreur d'arriver seule dans ce genre de réception. Horreur de serrer des mains, de sourire, de feindre de se rappeler les visages, de s'intéresser.

– Vous connaissez mon épouse, Valentine de Lestr...

– Mais bien sûr chéri, interrompit Valentine. Comment va votre fils ? Vous étiez inquiet pour sa santé lorsque nous nous sommes vus la dernière fois...

Elle jouait très bien la comédie. S'adaptait à chaque interlocuteur. Chichén Itzá... *Maravilloso.* J'ai été fascinée aussi par Monte Albán et la civilisation zapotèque. Une société de structure totalement matriarcale. Dans ce qui fut l'une des plus grandes villes d'Amérique centrale. Quand on y pense... C'est tout à fait étonnant, n'est-ce pas ?

En général, elle en avait rapidement assez mais, pour PAB, elle jouait le jeu jusqu'à la fin de la soirée. Ce soir-là pourtant, il se passa quelque chose d'inattendu. Après les discours, Pierre-Antoine la prit par la manche et l'entraîna vers l'escalier.

– Si on séchait... ?

– Pardon ?

– On a assez donné, non ? Que dirais-tu de t'éclipser discrètement ?

Valentine ouvrit de grands yeux.

– Je vais faire mine de descendre me laver les mains. Tu me rejoins par l'escalier dans cinq minutes ?

Ça n'était jamais arrivé. PAB devait être très fatigué. Mais non. Dehors, il lui exposa ce qu'il appelait son nouveau concept, « les minutes inutiles ». L'importance de voler un peu de temps, ici et là. Non pas pour être « productif » au sens galvaudé du terme. Mais pour faire ce qu'on avait vraiment envie de faire.

– Et ce soir, ce dont j'ai vraiment envie, c'est d'être avec toi. Toi seule ma Val, dit-il en lui prenant la main.

– Je suis ta minute inutile ?

Il rit et l'embrassa sur la nuque.

– Que dirais-tu d'un petit souper. Juste nous deux ?

Ils descendirent des marches. Dans l'air frais de la nuit. Face aux scintillements dorés de la Tour Eiffel. Parfait cliché mais rudement agréable, songea Valentine qui n'en revenait toujours pas. Le restaurant s'appelait *Monsieur Bleu*. Un type en noir leur ouvrit la porte.

– Deux couverts au nom de Pierre-Antoine Berg, annonça un autre avant même que PAB ait ouvert la bouche.

Il avait réservé ? Tout ça avait donc été pensé par lui ? La fuite, le dîner en tête-à-tête ? Adorable ! Valentine sentit monter en elle une vague de tendresse. Enveloppante comme les bras de PAB qui, derrière elle, l'entouraient pour lui retirer son manteau.

– Eh bien… vous nous donnerez votre Lafite-Rothschild, dit-il un peu plus tard en rendant la carte au sommelier.

– Ouh, dit Valentine, mais…

Petit claquement de langue. PAB voulait dire : « pas de mais ». Tout le dîner, il se montra délicieux. Détendu. Taquin parfois. Et quand vint le moment de partir :

– Jolie cette nouvelle étole… Tu as trouvé le temps de l'acheter ?

– Chez Max Mara. J'ai craqué…

Elle avait tâché de dire cela le plus naturellement du monde. Mais c'était étrange, cette formulation qu'il avait eue : tu as trouvé le temps de l'acheter ? Une manière détournée de demander si elle l'avait réellement achetée ? Une allusion voilée ?

Il coupa court à ses interrogations :

– Elle te va bien en tout cas ! On y va ?

– On y va !

Dans la voiture qui les ramenait chez eux, PAB, la main sur la sienne, se montra toujours aussi prévenant. Valentine oublia ses doutes à propos de l'étole. Elle la caressait maintenant machinalement, de sa main gauche fraîchement manucurée.

– Quand je pense qu'elle n'avait même pas d'antivol… Trop facile !

À vaincre sans péril… Elle se rappela qu'Hegel avait écrit là-dessus. Ou peut-être était-ce sur la frustration du coupable non puni. Quoi qu'il en soit, elle ne se sentait pas frustrée. Plutôt heureuse de sentir sa main dans celle de PAB et de flotter près de lui dans les vapeurs du bordeaux.

*

Tout de même, il ne fallait pas croire que les choses étaient toujours aussi simples. En quelques années, Valentine avait vu fleurir une invraisemblable collection de boîtiers, macarons, adhésifs, puces, araignées..., tout un arsenal de sécurité qui, s'il ne tuait pas le métier, le compliquait singulièrement. Elle-même était moins sûre de son agilité. Avec l'âge, son champ de vision rétrécissait. Sa perception latérale s'amenuisait. L'angle net diminuait. C'était ennuyeux pour la critique d'art mais plus fâcheux encore pour la cleptomane. Car au moment crucial, les données sur lesquelles elle s'appuyait – caméras ?, portiques ?, vigiles ?, témoins ou dénonciateurs potentiels... –, toutes ces données étaient exclusivement visuelles. Récemment, Valentine s'était donc fait faire une paire de lunettes. Des montures en écaille blondes et rondes qui lui donnaient un look arty, tout à fait branché. Sérieux, néanmoins. Plutôt James Joyce qu'Harry Potter. Ce nouvel accessoire servait à la fois son vice et son image. Il accentuait son côté comme il faut. « Digne du bon Dieu sans confession », aurait dit Maddy. Une vieille dame mieux que très bien, cette Lestrange.

Sa cleptomanie marchait par cycles. Ses pulsions allaient et venaient. Parfois, elle s'en donnait à cœur joie, portée par l'euphorie, s'enhardissant d'un jour sur l'autre. Mais il arrivait aussi qu'elle ne touche plus à rien pendant de longues périodes. Klepto-clean... Entre les deux, dans les périodes de basses eaux, elle pouvait aussi piquer distraitement. Machinalement presque. Pas seulement des objets de valeur. Pas du tout. Comme tous les vrais cleptomanes, ce qui la tentait n'avait souvent aucune valeur. Parfois même aucune utilité. Elle n'aurait pas su dire pourquoi, par exemple, il lui fallait, à la pharmacie, s'emparer d'une sixième pince à épiler quand elle en avait déjà cinq dans sa trousse de toilette ! C'était un vol inutile. Un vol pour rien. Mais voilà, une pince, un rouge à lèvres tombaient si facilement dans un sac à main. Même chose pour un bâton de khôl ou un mascara qui semblaient dessinés exprès pour se glisser à la verticale dans la doublure d'une manche.

Tout était dans le geste. La souplesse du poignet qu'il fallait, comme au violoncelle, casser légèrement. Combien d'articles inutiles avait-elle ainsi détournés de leurs présentoirs ? Combien de crèmes de jour et de soins pour la nuit, de sérums de la mer, de perles de caviar, d'émulsions d'orchidées, d'huiles sèches, d'eaux de toilette ? Oui tout était dans le geste. Preste et précis. « Prestidigitatif » si l'on pouvait dire. En général elle s'emparait de produits neufs. Mais parfois, histoire de ne pas perdre la main, elle se contentait des flacons en démonstration. Elle grattait la mention « Testez » ou « Ne peut être vendu ». Et installait le joli flacon sur son lavabo.

Quand PAB lui offrait une recharge de Shalimar, sa fragrance favorite, elle en était presque contrariée. Elle ne pouvait pas lui expliquer à quel point il avait été stupide de l'acheter. Combien son plaisir à elle s'en trouvait diminué. Elle repensait à cette phrase de Kipling : « Une femme est toujours une femme, mais un bon cigare, quel arôme ! » Elle aurait voulu l'adapter : un parfum est toujours un parfum, mais un Shalimar volé, quel arôme ! Bien sûr, il aurait été impossible de dire ça à PAB. Ça ou quoi que ce soit d'autre. Cet homme était d'une telle honnêteté. Scrupuleuse. Maladive presque. Et si sa femme... Non. Ses valeurs, sa culture, sa carrière... Il en aurait fait une crise cardiaque !

*

Elle s'était fait prendre une fois. Et elle avait eu peur. Pour PAB. Uniquement pour PAB. Heureusement, il n'y avait pas eu de suite. Restait pourtant cette idée irritante qu'elle s'était fait choper pour rien dans des circonstances idiotes. Avant ça, elle s'était bien imaginé la scène – la scène de l'arrestation. Elle l'avait vue dans sa tête souvent, mais de façon théorique. Irréelle même. Et dans son abstraction, elle ajoutait du sel à tout le reste.

Or voilà que ça s'était produit ce jour-là, au Monoprix. À l'heure du déjeuner. Elle était pressée. Allait rejoindre un amant et avait besoin de bandes dépilatoires. Mais dix bandes de cire froide pour neuf euros, c'était vraiment trop cher. Alors, par réflexe, Valentine avait extrait cinq bandes d'une boîte qu'elle avait fait passer dans une autre, et s'était tranquillement dirigée vers la caisse. Par carte ? Sans contact ? Un sachet ? À ce stade, tout allait bien encore. Mais, quelques instants plus tard, elle avait entendu par-dessus son épaule :

– Madame…

Elle s'était retournée et avait vu surgir deux malabars. Vivants cette fois.

– Madame…, avait répété l'un d'eux. Veuillez nous suivre.

Merde… Elle ne les avait pas repérés ces deux-là. Penaude, elle leur avait emboîté le pas en pensant qu'il lui serait impossible de plaider la distraction, et elle s'était retrouvée dans un petit bureau à l'écart, un recoin discret du Monoprix.

– Vous savez pourquoi vous êtes là ?

Est-ce qu'ils se fichaient d'elle ? Jouaient-ils avec ses nerfs ? Ce qu'elle avait envie de leur dire c'était : puisque vous le savez aussi bien que moi et que vous avez sûrement une vidéo, ne perdons pas notre temps. Dites-moi tout de suite combien je dois. Je réglerai sur le champ.

Mais ç'aurait été trop facile. Ils voulaient faire durer le plaisir.

– Vous avez une carte d'identité ?

Valentine sortit son passeport.

– Madame de Lestrange, épouse Berg...

L'un d'eux, amusé, regardait l'autre qui lui lançait des regards faussement étonnés.

– Eh bien...

– C'est un nom connu ça, dites donc ? Vous ne seriez pas la femme de... ?

Évidemment, c'était la phrase qu'elle redoutait.

Elle ne se démonta pas pourtant et répondit au type droit dans les yeux :

– C'est un nom répandu, vous savez.

– Hmmm, avait-il fait. Sans que Valentine sache s'il en convenait ou si, au contraire, il voulait lui montrer qu'il n'était pas dupe.

Cette histoire de nom, c'était ça qui la contrariait. Pour le reste, elle allait être en retard à son rendez-vous – mais elle avait déjà la réputation de ne jamais être à l'heure. Elle arriverait même avec des poils aux jambes. Tant pis. Tout ça n'était pas si grave. En revanche, s'il y avait une chose qu'elle ne se pardonnait pas, c'était de s'être fait pincer comme une bleue. Pour cinq bandes de cire froide. Elle enrageait : elle avait été nulle. Vraiment nulle. À l'avenir, elle devrait être meilleure que ça !

Finalement, après s'être muettement concertés, les deux types lui ordonnèrent de repasser à la caisse avec la boîte à demi vide qu'ils étaient allés rechercher dans le rayon et dans laquelle ils avaient remis les bandes manquantes. Ils ne l'accompagnèrent pas jusqu'à la caisse mais la surveillèrent jusqu'à la sortie. Pendant plusieurs semaines, Valentine avait guetté *Le Canard enchaîné*, redoutant d'y lire ne serait-ce qu'une brève sur cette mésaventure. Mais les semaines s'étaient écoulées et rien n'était sorti. Heureusement qu'elle n'en avait rien dit à Pierre-Antoine.

*

Après ça, elle avait levé le pied. Quelques mois avaient passé, mais finalement, elle avait recommencé. Un éventail en bambou dans une vitrine de Shanghai : *business as usual.* Un manteau de castor à Londres : ça, c'était plus gonflé ! Dans les périodes de forte activité, Valentine avait l'impression que clepter la tenait en éveil. Elle ne pouvait pas sortir d'un magasin sans emporter quelque chose. Et si elle n'y arrivait pas, elle en concevait une forte contrariété. Pas de culpabilité, toujours pas. Ça l'amusait. Ça l'excitait. Elle en avait besoin.

*

« No Trespassing ». Elle pensait à ces panneaux en anglais. À ce mot où elle entendait « trépas ». Trespasser, c'était entrer dans la zone dangereuse et prohibée, la dernière chambre de Barbe-Bleue – la plus stimulante pour l'esprit. Après tout, sans cette chambre, pas d'histoire... Et clepter, c'était la même chose. C'était comme passer dans une autre dimension. Pas d'imaginaire sans interdit, se répétait-elle toujours.

Son attirance pour la transgression se doublait d'un agacement pour les règles qui s'appliquaient à tout. Au volant par exemple, Valentine n'était pas un danger public, mais rien ne l'énervait plus que le fait qu'on lui dicte sa conduite. C'était le cas de le dire. Pourquoi ne pas lui expliquer comment aimer ou respirer ?

Les normes lui paraissaient si arbitraires. Elle les prenait avec une telle désinvolture que les amendes pleuvaient. Excès de vitesse. Presque rien en général. Deux ou trois kilomètres/heure. Elle dépassait d'un cheveu. Mais c'était suffisant pour qu'il ne lui reste plus qu'un point sur son permis. Autour d'elle, on mettait ça sur le compte de sa distraction. Incurable. On ne comprenait pas à quel point elle avait du mal avec les règles.

– Règlophobe, ça existe ? avait-elle demandé un jour, dans une soirée, à un type qui s'était présenté comme philosophe.

Pour le plus grand bonheur de Valentine, le type s'était lancé dans une tirade enflammée, rappelant que, depuis l'origine des temps, toutes les avancées véritables, « les réussites significatives » comme il disait, reposaient sur des attitudes transgressives.

Au fur et à mesure qu'il développait cette idée, des ailes lui poussaient. Elle l'entendit expliquer avec fougue.

– La transgression, c'est Abraham quittant la famille de son père, c'est César franchissant le Rubicon, ou Giordano Bruno refusant d'admettre qu'il existe un seul système solaire !

Gagnée par son enthousiasme, Valentine renchérissait :

– C'est vrai partout. En art aussi. Monet cherchant à peindre des impressions. Schönberg balayant les lois de la musique tonale…

– Je me tue à répéter ça à mes étudiants, voyez-vous, avait dit le philosophe. Sans cesse, je les invite à avoir le courage de dire non à ce qui est organisé ou pensé pour eux par les autres. Depuis le métier dont rêvent leurs parents, jusqu'à la famille que ces derniers voudraient tant qu'ils veuillent. Sans parler des opinions politiques.

Un peu grisée par le vin – cette fois, c'était un Sarget de Gruaud Larose 2012 – Valentine ne percevait déjà plus que des mots épars. Habitudes. Mœurs. Modèles de réussite…

– Bon, mais là vous me faites enfoncer des portes ouvertes, avait conclu le philosophe. Vous connaissez la phrase de Sartre. « On est ce que l'on fait de ce que les autres veulent faire de nous. »

Elle fut à deux doigts de lui parler de cleptomanie mais ne le fit pas. Rétrospectivement, elle se demanderait pourquoi. N'en était-elle donc pas si fière que ça ? De toute façon, elle n'entendait des paroles du type que ce qu'elle voulait entendre. Par exemple, elle ne prêta aucune attention à sa dernière remarque :

– Attention, je fais l'apologie de la transgression. Pas celle de l'illégalité !

Elle terminait son saint-julien en se disant que le cleptomane aussi refusait ce que les autres avaient prévu pour lui. Et qu'elle, Valentine, faisait partie de ceux qui ne se rendraient jamais à l'ordre des choses et du monde.

Ni rendre ni se rendre. Le seul objet qu'elle voulait bien redonner, à la rigueur, c'était son verre vide qu'elle déposa sur le plateau du type en gants blancs qui passait par là.

*

Peu de temps après cette soirée, alors qu'elle repensait à la transgression, elle se demanda si l'idée en était contenue dans le mot lui-même. Cleptomanie. Un mot sautillant qu'elle aimait bien. Les Grecs qui l'avaient forgé avaient souvent une approche si réconfortante du monde : se pouvait-il qu'eux aussi voient dans ce mot du positif ? D'une des bibliothèques, elle sortit le dictionnaire

Bailly et vit que son mari avait inscrit son nom sur la page de garde. L'écriture enfantine de PAB la fit sourire. En quelle classe pouvait-il être alors, cinquième ? quatrième ? Klepto : voler, dérober, s'emparer par surprise de... Eschyle notait qu'on peut aussi s'emparer par surprise d'une chose immatérielle. L'intelligence ou l'esprit de quelqu'un, par exemple. Dans ces cas-là, klepto pouvait s'utiliser en bonne part. Au sens de captiver son auditoire. Mais en règle générale, force était de reconnaître qu'il ne faisait pas bon être un « kleptos », un fourbe. Encore moins un « kleptistatos », un infâme voleur. Un jour où l'autre, on finissait châtié de sa témérité...

*

Châtiée de sa témérité. Cela se produisit au petit déjeuner. La gardienne apporta une lettre recommandée. Enfin le courrier qu'elle attendait, pensa Valentine soulagée. Quelques semaines plus tôt, elle s'était à nouveau fait flasher sur la route, en Normandie. Pas de chance. Cela faisait deux ans qu'elle avait décidé de ne presque plus conduire. Seulement à la campagne. La raison, c'était qu'elle était au bord du retrait de permis et qu'elle se tenait à carreau. À cause d'excès de vitesse répétés, son capital de points avait fondu. Quelques mois plus tôt, elle ne disposait plus que d'un point. Fragile et solitaire. Un point c'est tout. Elle avait pris le parti de laisser sa voiture à Dieppe et d'habitude, elle roulait à deux à l'heure, ce qui exaspérait les automobilistes derrière elle. Récemment, pourtant, elle s'était impatientée après un conducteur apathique et, dans la montée du centre commercial, oubliant ses bonnes résolutions, elle avait pris son élan, dépassé l'insupportable lambin et elle commençait à se rabattre quand un éclair l'avait aveuglée. Si près du but. Plus que deux mois et elle allait tout récupérer !

Risquait-elle vraiment de perdre son dernier point ? Elle voulut vérifier son solde. Sur le site de la préfecture, on l'invitait à écrire : elle obtiendrait une réponse en retour.

Ce jour-là, Valentine était donc persuadée que le courrier en question venait enfin d'arriver. La lettre était sur la table du petit déjeuner. Elle ne se pressait pas pour l'ouvrir. C'est seulement après le deuxième bol de thé qu'elle déchira le papier de son index. Stupeur : ce n'était pas du tout la lettre qu'elle attendait.

*

Convocation pour les nécessités de l'enquête

Nom Carteret Kevin, Sous-Brigadier de Police, Agent de Police Judiciaire

Dans le cadre de la procédure référencée ci-dessus pour des faits de

– grivèlerie –

En date du dimanche 28/02/2015 à 18 h 38

Lieu : autoroute A13 sur la commune de Morainvilliers

Vous êtes invitée à vous présenter le 13 avril à l'adresse suivante…

Suivait l'adresse d'un poste de commandement de police ainsi qu'une notice d'information concernant ses droits à bénéficier de l'aide juridictionnelle pour l'assistance d'un avocat lors d'une audition libre.

*

D'abord, Lestrange crut à une erreur. Elle ne comprenait pas du tout de quoi il s'agissait. Grivèlerie ? Le mot était joli mais elle n'était pas sûre de son sens. À nouveau, elle chercha dans un dictionnaire – un vieux volume de papier. Tellement mieux qu'un téléphone. Voilà. Grivèlerie : terme faisant référence aux pillages des grives dans les vignes. Petite escroquerie consistant à consommer sans payer, dans un café, un restaurant, un hôtel. Synonyme : fraude, resquille. Suivait cette phrase de Bernanos : « Ils fichent au bloc pour six mois un mendiant coupable de grivèlerie. »

Au bloc pour six mois. Soudain, elle s'y était vue, elle, Valentine de Lestrange. Au bloc, au trou, en tôle. L'idée la fit sourire. Était-ce vraiment possible ? Elle ne parvenait pas à se représenter ça. Espérons seulement qu'ils lui donneraient une cellule simple, songea-t-elle comme s'il s'agissait d'une chambre d'hôtel... Puis elle repensa au 28 février. Que faisait-elle le 28 février 2015 à 18 h 38 ?

– Eh bien... j'étais sur l'autoroute, manifestement, se dit-elle. Je piquais un truc dans une station-service.

Mais quoi ? Il lui était impossible de se rappeler. Un Yop vanille – elle adorait les Yop vanille –, une maxi bouteille d'Évian, une plaque de chocolat extra noir, un Lion, un Nougatti, une pomme qu'elle aurait consommée l'air de rien... ? C'était ça la grivèlerie non ? À moins que... Non, elle n'aurait pas fait ça. Elle ne serait jamais partie sans payer l'essence. Autant elle pouvait, par inadvertance, faire tomber dans son sac un Yop ou un rocher Suchard, autant l'essence jamais. C'était trop bête. Trop risqué. La plus stupide des choses à faire. Sur la vidéo, la plaque et hop, ils vous retrouvaient en un tournemain... Et puis encore une fois, ça manquait d'intérêt. C'était vulgaire... Elle se dit que si c'était vraiment ça, si elle était partie sans payer l'essence, ça ne pouvait être, pour le coup, qu'un oubli. Elle aurait zappé, en toute bonne foi. Ça pouvait arriver. Même à elle ! Elle aurait pris un cappuccino noisette – ils n'étaient pas mauvais à cette machine et puis il y en avait de toute sorte, vanille, caramel, cannelle… – et à ce moment-là, elle aurait reçu un appel perturbant. Ou plus long que d'habitude. Et elle serait remontée dans sa petite voiture noire sans s'apercevoir qu'elle n'avait pas payé. Possible… Mais si c'était ça, c'était vraiment rageant. Ça voulait dire qu'elle se serait fait choper le seul jour où elle était de bonne foi !

*

Deux jours passèrent. Pas question d'en parler à Pierre-Antoine, évidemment. Mais que faire ? Allongée dans l'un des canapés blancs de son salon, Lestrange réfléchissait. Elle avait bien un ordinateur sur les genoux car elle était censée écrire un long texte sur Brancusi pour la préface d'un catalogue – et, comme toujours, elle était en retard. Mais elle n'arrivait pas à se concentrer. De temps à autre, elle ressortait discrètement la convocation de son sac et relisait les lignes sur les nécessités de l'enquête. Il y aurait donc enquête. Mais comment s'y prendraient-ils ? Allaient-ils venir chez elle ? Combien de temps ? L'idée de consacrer de l'énergie à cette affaire l'irritait déjà. Depuis le canapé, elle voyait son mari concentré sur son propre ordinateur. Écoutant Bach – les variations Goldberg – le seul compositeur qui l'aidait à travailler. Et son écran lui bouchait la vue. De sorte que si elle avait l'air vaguement préoccupée, il ne le voyait pas. C'était mieux ainsi, se dit-elle, car il sentait ces choses-là. Ses changements d'humeur. « Je suis ton sismographe », répétait-il souvent.

En pensée, elle revint à l'enquête. Elle imagina le sous-brigadier Carteret sonnant à la porte, PAB ouvrant d'un air étonné, la stupéfaction du policier reconnaissant le ministre des Finances en robe de chambre – un vêtement épais et moelleux qu'il aimait enfiler le soir quand il devait travailler à la maison et qu'il était fatigué, une robe de chambre qu'elle n'avait pas cleptée, ça non, elle s'en serait souvenue, même si ça lui arrivait parfois d'embarquer des trucs en pensant à lui, mais alors c'était difficile, il y avait le problème du papier cadeau et de l'absence de ticket si la taille n'allait pas et qu'il fallait changer, donc non cette robe d'intérieur était arrivée là tout à fait régulièrement mais d'où venait-elle, ça elle aurait été incapable de le dire –, bref, il aurait ouvert et il y aurait eu ce face-à-face atterré. Et alors ? La rage. Cette rage froide qu'elle lui connaissait lorsqu'il était submergé par la colère. Mais ça, elle préférait ne pas l'imaginer.

Ses yeux revinrent à la convocation. Comme pour y trouver un indice, quelque chose qui la mettrait sur la piste. Mais la piste de quoi ? De ce qu'elle avait fait disparaître ?

Qu'est-ce qu'une station-service a de plus cher à offrir ? se demandait-elle comme pour évaluer l'ampleur maximale de ce qu'on pouvait lui reprocher. Relisant la fin de la lettre, elle retombait invariablement sur le passage qui parlait de ses droits, de l'aide juridictionnelle, de l'assistance d'un avocat lors de l'audition. Un avocat… Cela avait-il du sens au regard d'une « grivèlerie » ? Allait-elle solliciter un avocat – qu'il faudrait payer en plus – pour assister à tout ça sans peut-être servir à grand-chose ? Ne pouvait-elle s'en sortir seule en tentant d'embobiner le sous-brigadier ?

Le 13 avril. La date était bien notée dans son agenda. Le vérifier encore était le signe qu'elle perdait un peu de son flegme. Elle essaya de se raisonner. Son appréhension ne venait pas des faits eux-mêmes ni des conséquences qu'ils pouvaient avoir pour elle – elle s'imagina même emprisonnée, travaillant à son texte sur Brancusi et finissant enfin cette monographie sur Jeff Koons qu'elle devait rendre depuis des mois ! Non, ce qui l'inquiétait, une fois de plus, c'était son mari. À aucun prix, il ne devait savoir. Ni cette affaire s'ébruiter. Les journalistes, ces imbéciles, seraient trop heureux d'en faire leurs choux gras. Sans parler des réseaux sociaux. Et alors… Il suffisait d'un rien, une peccadille absurde, une grive piquant un raisin, pour mettre en l'air l'image d'un homme public. Conclusion : ne rien laisser au hasard. Elle prendrait un avocat. Un bon. Discret. Comment le trouver ? Il lui revint soudain le souvenir de David : ils étaient tous les deux à l'École du Louvre tandis qu'il préparait le barreau. Restés en contact, ils dînaient ensemble de loin en loin. David et la jolie Josepha, son épouse. PAB les appréciait lui aussi.

Elle trouva son téléphone dans son sac.

« Cher David. J'espère que tu vas tout à fait bien ainsi que Josepha. J'aurais besoin que tu m'indiques un avocat pour une affaire un peu urgente que je voudrais t'exposer brièvement autour d'un café. Aurais-tu un moment en début de semaine ? Je peux passer à ton cabinet quand ça t'arrange. Bises. Valentine »

Un « cling » silencieux :

« Ma chère Valentine. Bien sûr. Demain en fin de matinée si tu es disponible. 85 rue de Chaillot. Vers 11 h 30 ? »

*

Le lendemain, c'était très inhabituel de sa part, Lestrange arriva en avance au rendez vous. Elle vérifia qu'une plaque d'avocats figurait bien à l'adresse indiquée, repéra le nom de David, fit quelques mètres, tourna dans l'avenue Marceau et patienta au café qui faisait l'angle. Tandis qu'elle observait le décor tout en surveillant sa montre, il lui vint l'idée que cet établissement, *Le Marceau*, était peut-être celui où, jadis, la romancière

Nathalie Sarraute venait écrire chaque matin. Au lieu de son rituel English Breakfast, Lestrange commanda un expresso et fut assez stupide pour demander au serveur si c'était bien dans le café de Nathalie Sarraute. Interdit, l'homme la fixa longuement puis balança son torchon sur son épaule et cria : « Deux noisettes, deux... » Comme s'il était en présence d'une cinglée. Alors – toujours sa superstition indécrottable – Lestrange décida que c'était bien ça. Et ce fil qui la reliait lointainement à la création lui sembla de bon augure.

Elle alla s'asseoir au fond et attrapa un magazine sur un présentoir. « Cerveau. Du nouveau pour guérir. » Elle lut le chapeau de l'article : « Addictions, dépression, boulimie, anorexie, TOC... De multiples affections sont ou pourront bientôt être soignées par la psychochirurgie. » On parlait des hôpitaux pratiquant la stimulation cérébrale profonde. Le journaliste s'interrogeait. « Jusqu'où peut-on changer une personnalité ? »

Elle fit glisser sa montre vers son poignet. Garder un œil sur l'heure. Comme elle avait encore le temps, elle se mit à feuilleter. Une directrice de recherches au CNRS racontait : alors qu'elle travaillait sur la maladie de Parkinson, elle avait fait une découverte fortuite. En inactivant avec de l'électricité à haute fréquence le noyau subthalamique de rats accros à la cocaïne, elle s'était aperçue que leur motivation pour la drogue disparaissait. La stimulation permettait de réduire le symptôme de « craving », cette pulsion irrésistible qui, expliquait-elle, pousse à fumer, à boire, à se droguer…

– À voler aussi ? s'interrogea Lestrange en terminant son café.

Il restait bien sûr à valider ces résultats chez le primate et chez l'homme, mais, expliquait-on, une révolution était en marche qui était sur le point de toucher tout le monde en bouleversant nos quotidiens. On trouvait d'ailleurs déjà des tas de produits grand public – genre casques à électrodes ou bandeaux connectés – destinés à « améliorer » nos performances dans tous les domaines. Sommeil, relaxation, humeur…

– Quelle horreur, pensa Lestrange. L'enquête était suivie d'une interview d'un neurobiologiste spécialiste des addictions. « Un seul millimètre cube de matière cérébrale abrite 10 000 à 50 000 neurones et environ un demi-milliard de terminaisons nerveuses ! » indiquait l'homme en préambule pour montrer à quel point cet univers restait *terra incognita*. Ce qui ne l'empêchait pas d'affirmer que l'implantation d'électrodes dans le cerveau ne provoquait que des changements de comportement qui ne touchaient pas, disait-il à ce qu'on était.

– Tout de même, interrogeait le journaliste, ce genre de choses provoque parfois des modifications d'humeur spectaculaires.

– C'est vrai, admettait le neurobiologiste. Je me rappelle une patiente atteinte de la maladie de Parkinson, chez qui un de mes confrères a modifié les paramètres de stimulation. Aussitôt, cette femme a fondu en larmes. « Je veux mourir. Je suis un poids pour tous. » Le médecin a revu les paramètres. Au bout de quelques secondes, la femme éclatait de rire. « Mais qu'est-ce que vous m'avez fait ? » Réponse : il avait créé un état dépressif aussi sévère qu'inattendu. En jouant avec des paramètres.

Valentine lut aussi l'histoire d'un certain « monsieur B » qui, aux Pays-Bas, avait été opéré pour des TOC et s'était mis à écouter exclusivement la musique de Johnny Cash. Il n'avait aucun penchant pour la country avant l'opération. Il avait d'ailleurs cessé de l'aimer quand son stimulateur était tombé en panne.

*

11 h 25. Valentine roula le magazine, le fourra dans son sac, paya et sortit. À 11 h 29, elle se présentait au quatrième étage du 85, rue de Chaillot. Elle fut accueillie par une svelte jeune femme d'origine africaine qui la fit attendre en lui proposant un autre café que, cette fois, elle déclina. On l'introduisit dans une pièce donnant sur un jardin avec un sol en parquet Versailles et un plafond à caissons trop richement orné à son goût.

Lestrange marcha vers la fenêtre :

– Je pourrais me jeter de là.

Pourquoi cette pensée lui traversait-elle l'esprit ? Elle n'en avait pas la moindre idée. Ce serait spectaculaire et dramatique en tout cas. La femme du ministre défenestrée. Suicide ? Affaire louche ? Ça l'amusa. Elle se mit à détailler les espèces qu'on avait plantées dans le vague jardin à la française qui s'étendait sous ses yeux. Lauriers-tin. Lilas blancs déjà en fleurs. Il était 11 h 44 et David n'arrivait pas. Elle s'assit à la grande table de plastique blanc qui trônait au milieu de la salle. Manifestement, le décorateur s'était amusé à jouer des contrastes. Le design et l'ancien. Au milieu, trônaient des pots remplis de crayons, des bouteilles de Vittel, un téléphone et deux grandes fentes dans le plateau de la table, sans doute pour les votes lors des conseils d'administration. Lestrange s'étonnait elle-même. D'abord de ne pas avoir envie de fourrer dans son sac quelques-uns de ces crayons qui lui tendaient les bras. Ensuite et surtout, de la disponibilité de son esprit. Comment pouvait-elle en cet instant précis, s'intéresser à tant de détails ? Était-elle ce qu'un de ses amis anglais appelaient une « Teflon Woman » ? Quelqu'un sur qui tout glissait ?

Elle se surprenait même en train d'observer les poignées de portes. Avait-on jamais vu boutons de cuivre aussi travaillés ? De petits Bacchus échevelés y étaient méticuleusement sculptés. À ce moment, justement, l'un d'eux inclina la tête à droite. David entra.

*

– Chère Valentine… Long time no see…

Il lui ouvrait grand les bras et souriait d'un bon sourire. Lestrange lui tendit le paquet qu'elle avait apporté pour lui. Patrick Roger. Des chocolats. Reçus quelques jours plus tôt en remerciement d'un travail sur Balthus et la couleur. Du recyclage.

– Pour te remercier du temps que tu m'accordes.

Elle ne l'avait jamais vu dans l'exercice de ses fonctions et trouva qu'il portait beau. La maturité lui allait bien. Il avait des traits frais, un peu poupins. Elle l'imagina en toge noire avec ce petit carré blanc tel un bavoir au-dessous du cou.

– Quel – bon, j'espère – vent t'amène, chère Valentine ?

Il fallait aller droit au but. Aucun des deux n'avait de temps à perdre. Lestrange décida de jouer franc jeu. Elle le sentait concentré sous l'apparente décontraction, et, tandis qu'ils s'asseyaient côte à côte à la grande table :

– Tu ne vas pas en revenir… Tu risques, oui, d'être très étonné par ce que je vais te dire… Tu es bien assis ?

Il ne dit rien.

– Je suis cleptomane.

Elle avait songé à ces phrases chez Nathalie Sarraute. Elle était plutôt contente de les avoir prononcées sans ciller, les yeux dans les yeux.

David sourit.

– Alors c'est ça ? C'est pour ça que tu viens me voir ?

Valentine ne s'attendait pas à cette réaction. Étonnée, elle le fixa.

– Non, reprit-il. Je t'avoue que je suis rassuré. Depuis ton texto, je me demandais…

Plus tard, Lestrange se demanderait ce que l'avocat s'était demandé. Ce qui avait bien pu lui traverser l'esprit en ces heures qui avaient suivi son message. Avait-il songé à une affaire d'adultère ? À un crime ? L'avait-il vue en délinquante ? En meurtrière ? En victime ? Elle aurait donné cher pour le savoir. C'est toujours si excitant d'entrevoir comment on est perçu par les autres. Elle se demanda à quelle hypothèse de délit David l'avait associée spontanément. Les Orientaux lient un animal à un caractère. Pourquoi pas une personnalité à un délit ? Ça aurait pu être un jeu, une variante du Cluedo. Mademoiselle Rose, avec la corde, dans le grand salon. Madame Valentine, la main leste, dans les grands magasins…

– « Alors c'est pour ça que tu viens me voir ? »

Plus tard, cette phrase prendrait toute sa signification. Mais à ce moment-là, elle guettait juste une réaction sur le visage de l'avocat. Un signe. Un indice. Rien. La surprise n'avait duré que quelques secondes, après quoi les traits de David étaient redevenus impassibles.

– Un vrai professionnel, pensa-t-elle.

À cet instant, il reprit :

– Quoi qu'il en soit, ma chère Valentine, que les choses soient bien claires. Rien de ce que tu me raconteras ne sortira de ce cabinet. Josepha n'en saura rien, bien entendu. Quant à Pierre-Antoine..., dis-moi, PAB est-il au courant ?

Lestrange fit signe que non. Ils échangèrent un sourire.

– Je sais ce que tu penses et c'est vrai, dit David. Le secret de la confession, ça existe. Le prêtre et l'avocat ont beaucoup en commun.

Puis soulevant un peu le menton, il l'invita à continuer. Lestrange se lança. Elle parla de cette curieuse, comment dire... addiction – autant utiliser les termes médicaux qu'elle venait de lire, ils donneraient du sérieux à son histoire. Elle évoqua ce besoin ancien et irrépressible qui s'emparait d'elle alors qu'elle-même s'emparait... de quoi ? Oh, jamais de grosses choses. En tout cas rarement. Elle s'entendait minimiser son cas, repensait au manteau de castor londonien, à l'étole Max Mara, au grand plaid en shatoosh qui couvrait une méridienne de sa maison de campagne. Mais étaient-ce là de grosses choses aux yeux de l'avocat ? David brassait des affaires tellement plus conséquentes... Elle raconta la station-service. Expliqua qu'elle s'y arrêtait fréquemment en allant ou en rentrant de week-end. Qu'avait-elle bien pu chaparder dans ce magasin d'autoroute le 28 février 2015 à 18 h 38 ?

– Les faits remontent à cette date ?

– Oui.

– J'imagine que tu ne te souviens de rien.

– De rien. En tout cas, ce n'était sûrement pas de l'essence.

Vol de carburant : elle savait que c'était la dernière des choses à faire. Qu'une caméra relevait automatiquement votre immatriculation et qu'on vous retrouvait illico. Non, il devait s'agir d'autre chose. Mentalement, elle repassa en revue cette station-service, les toilettes au fond avec leurs fleurs artificielles près des sèche-mains automatiques, les murs de distributeurs de boissons avec sa préférée, le cappuccino caramel, le rayon frais, les fruits... Elle confessa son amour pour les Yop vanille qui fit sourire David. Laissa entendre qu'un paquet de madeleines ou une plaque de chocolat très noir avaient pu choir dans son cabas. À moins qu'il ne s'agisse d'une sotte bouteille d'eau. Vraiment, elle ne savait pas. Elle ne savait plus.

Elle parlait de pulsion et de compulsion, employant à nouveau ces mots à dessein. Comme si elle lui avait dit : « Il faut que tu saches, je suis diabétique... » Des mots qui montraient aussi

– elle en était fière – qu'elle avait du recul sur elle-même. Que tout en agissant, elle se voyait agir. Et qu'à cette distance s'ajoutait l'auto-ironie. Car rien ne lui échappait de la mesquinerie de la situation.

– Crois-moi. Ce sont rarement des choses de valeur. Surtout dans une station-service…

David ne sortait pas du silence.

– Ce qui est ennuyeux, c'est de ne pas savoir ce qu'on me reproche exactement. Tiens…

De son élégant sac en cuir souple – offert par un amant italien – elle sortit le courrier de la police. L'enveloppe était déchirée à force d'avoir traîné dans la poche latérale. Recommandé R1 AR. Posté à Saint-Cloud. David examina le cachet des Hauts-de-Seine. Puis il commença à lire à haute voix. Convocation pour les nécessités de l'enquête…

– Alors…, dit-il après avoir balayé la feuille A4 pliée en trois qui commençait à souffrir elle aussi d'avoir été lue et relue. Je suppose que tu t'es renseignée. Tu sais que la grivèlerie, c'est le fait de consommer et de partir sans payer.

– J'ai vu ça.

– C'est un délit, proche de l'escroquerie ou de la filouterie, et qui relève de l'article 313-5 du code pénal. En principe, la grivèlerie est passible de six mois d'emprisonnement et sept mille cinq cents euros d'amende. Évidemment, dans ton cas, c'est le classement sans suite qu'il faut viser…

Mais on ne connaît donc pas le détail des faits qui te sont reprochés...

– Non.

– Alors, attends. David saisit son téléphone et, sans cesser de fixer la convocation, composa le numéro de téléphone qui s'y trouvait indiqué. « Allô, bonjour..., pourrais-je parler au sous-brigadier Carteret ? Pardon ? Ah très bien... Ici le cabinet d'avocats BMS et associés. Je vous appelle à propos de l'affaire référencée... Voilà : il s'agit du PV n° 2015/023456. Je suis avec ma cliente qui me dit ne pas voir du tout de quoi il s'agit... Allô ? Oui, c'est bien ça. On a la date et le délit. Pourriez-vous m'en dire un peu plus ?

Le ton se voulait ultra courtois. David essayait manifestement d'obtenir des précisions du sous-brigadier, lequel était manifestement décidé à ne rien lui dire au téléphone

– Non, non, bien sûr... je comprends..., reprenait David. Évidemment..., vous avez le droit d'en douter... Ma question est celle-ci : madame Lestrange me demande si je dois l'accompagner. C'est une interrogation légitime. Nous, les avocats, ne venons que si ça a un sens. Pas pour embêter les policiers...

Lestrange se demanda pourquoi David avait soudain escamoté – fait disparaître – sa particule. Pour être plus « proche » de son interlocuteur ? Quoi qu'il en soit, tout ça ne donnait pas l'impression de déboucher sur des informations nouvelles. David répéta : « Ce n'est pas pour vous ennuyer, croyez-le. » Puis, comme il n'obtenait pas ce qu'il cherchait, il changea de stratégie et demanda combien de temps il fallait prévoir. Il raccrocha alors, toujours très poli, et se tourna vers Lestrange :

– Bon alors... Ils n'ont pas de vidéo. Seulement des photos. D'après lui, ça devrait durer une heure, donc tu multiplies par trois... Il n'y a pas de placement en garde à vue, mais tu peux être prolongée de vingt-quatre heures. Quoique... fais voir... Non, si tu es convoquée à 10 heures du matin, il faudrait vraiment des motifs sérieux pour te garder un jour de plus...

Lestrange écoutait David avec une impression d'irréalité totale. La même que celle qui l'avait envahie lorsqu'elle avait reçu la lettre au petit déjeuner. Elle aurait juré entendre parler d'une autre. Toutes ces expressions étaient celles de la radio le matin à 6 heures, lorsque France Info réveillait PAB. Se pouvait-il que, tout à coup, elles la concernent, elle ? Pour des faits qui – même si elle en ignorait exactement la teneur – ne pouvaient être, au fond, que parfaitement bénins ?

– Et... quelles sont les suites possibles ? demanda-t-elle en s'efforçant de garder le plus grand calme. Ce ton doux et précis avec lequel elle avait dit : « Je suis cleptomane. »

– Le pire serait de passer en audience publique devant les tribunaux correctionnels.

Évidemment, c'est ce qu'on veut éviter à tout prix. Pas tellement pour toi. Mais à cause de Pierre-Antoine, évidemment... Bon, mais si les choses en arrivaient là, tu ne te montrerais pas. J'irais à l'audience à ta place... Du reste...

– Du reste ?

– Non, je pense au nom sous lequel ils te connaissent. Valentine Berg. Donc pas ton nom de jeune fille. Ça, c'est dommage. Ça doit être libellé comme ça sur la carte grise. Ton nom d'épouse... En même temps, Berg est un nom courant. Il n'y a pas de raison qu'il fasse le lien avec Pierre-Antoine. Encore que, justement, si audience publique il y a, n'importe quelle fouille-merde... Mais là, j'en ferais mon affaire.

Il réfléchit puis reprit :

– Même cette convocation, d'ailleurs... Je vais venir avec toi... Ne serait-ce que pour surveiller la retranscription de tes propos.

– Comment ça ? Tu crois que c'est nécessaire ?

– Le policier écrit avec ses propres mots. Il synthétise. Quand tu feras trois phrases, il n'en notera qu'une. Ce qui peut complètement changer l'impression qu'on retirera à la lecture de ta déposition. Donc, non, non..., quand est-ce déjà ? Le 13 ?

Il regarda son emploi du temps sur son téléphone :

– Oui, je viendrai. Ne serait-ce, je te dis, que pour veiller à la fidélité de la déposition que tu vas signer.

– Mais tu as autre chose à faire. Je suis confuse, dit Lestrange qui n'en pensait pas un mot.

– Allons…

David sourit d'un bon et large sourire. Un sourire qui voulait dire tout à la fois : « Ça va de soi » et « Je n'ai pas le choix ». Un sourire qui signifiait aussi : nous sommes de si vieux amis. Rappelle-toi l'École du Louvre – à ce moment, elle revit la conférence sur de Kooning où, au fond de l'amphi, ils s'étaient tordus de rire toute la soirée, convaincus qu'ils étaient que le conférencier n'avait rien compris à la série des *Femmes*. Par ailleurs, il était fort possible qu'un jour ou l'autre, David ait à son tour un service à lui demander. À elle ou à Pierre-Antoine. Un prêt ? Un appui ? Une affaire bancaire à débrouiller ? Même si PAB n'était pas au courant – justement parce qu'il n'était pas au courant – il faudrait que Valentine donne un coup de pouce…

Elle entendit tout ça dans le sourire de David. C'est fou ce qui pouvait passer dans un simple écartement de la commissure des lèvres. Tous les codes de sa classe, la politesse, les calculs, les billards à cinq bandes. Elle était née avec tout ça. C'était l'écosystème dans lequel elle avait grandi, prospéré. Inutile de s'y attarder. Elle revint à l'unique chose qui la préoccupait vraiment :

– Pierre-Antoine… Euh… Je veux dire si le type me pose la question. Berg, comme

Pierre-Antoine Berg ? C'est quelqu'un de votre famille ?

– Eh bien tu dis : « Pourquoi ? C'est un sujet... ? » S'il insiste, tu demandes ce que cela a à voir : « C'est moi qui suis convoquée, que je sache... » Mais attention Valentine, ça c'est important, écoute-moi bien : tu restes toujours dans une posture d'humilité. Pas de contrition. Mais il ne faut pas non plus qu'il croie que tu te fous de sa gueule. D'accord ? Humble. Toujours humble...

– Oui... J'avais même envisagé de dire simplement la vérité : « Je suis cleptomane. »

– Oh là là... Trop compliqué. Il va falloir produire des certificats de psychiatres. Des expertises dans tous les sens... On va s'embarquer dans un truc... Non. Crois-moi, ta ligne de défense est simple. Tu reconnais les faits et tu indemnises.

– OK.

– Ils vont te montrer les photos. Tu dis que tu te reconnais, mais que, honnêtement, tu ne te souviens plus. Peut-être que tu as reçu un coup de fil très important à ce moment-là. « J'ai dû être très absorbée ou distraite... Je suis très distraite vous savez... J'ai repris ma voiture sans me rendre compte que je n'avais pas payé. C'est la seule explication que je vois à ce fait incompréhensible. Mais bien entendu, dites-moi quel montant je dois et je vous le règle sur-le-champ... »

– Oui, oui j'ai toujours mon chéquier sur moi, dit Lestrange. Quoique… Attends, zut… Il est au nom de monsieur et madame Pierre-Antoine Berg…

– Ah non, ça ne va pas ça. David réfléchit rapidement. Dans ce cas, tu me feras un chèque à moi et le cabinet réglera par virement. D'ailleurs, ce n'est probablement pas à la police qu'il faudra payer. Plutôt la station-service. Bref, on verra tout ça avec eux.

Lestrange avait encore des questions mais elle sentit que l'entretien était clos. Il valait mieux s'en tenir là. Ne pas importuner l'avocat plus avant avec cette affaire minuscule.

– De toute façon, reprit-il, on s'en reparle la veille ? Le 12 avril donc. D'ici là dors bien. Et n'oublie pas l'audition du 13. J'ai des clients qui sortent de mon cabinet tellement rassérénés qu'ils zappent complètement la suite.

Ils rirent.

– Comment puis-je te remercier ? demanda Lestrange. En me soignant, tu me diras…

– Des soins ? Il sembla hésiter… Eh bien pas trop quand même, dit-il. Ta créativité, ton originalité… Enfin, c'est comme ça qu'on t'aime, Valentine.

Encore un sourire. Le même que précédemment.

– Et puis tu m'as déjà remercié. Il montra les chocolats sur la table. Dis donc... au fait... ceux-là, tu ne les as pas...

– Ah non, non, non. Elle éclata d'un rire un peu forcé. Je m'attendais à ce que tu me poses cette question. Mais tu penses bien qu'en aucun cas je ne voudrais te mêler en plus à une affaire de recel de chocolats !

*

« Nous vous rappelons qu'il est obligatoire de valider son titre de transport sous peine d'être verbalisé. » Dans l'autobus, qui la ramenait à Neuilly, Lestrange dut s'avouer qu'elle se sentait plus légère. C'était agaçant d'avoir dû se confier à un vieux copain. Agaçant, humiliant. Mais, d'un autre côté, on n'était jamais trop prudent. En face d'elle dans l'autobus, une dame lisait *Le Figaro*. Un scandale quelconque. Typiquement l'article qu'il fallait éviter. Même un entrefilet serait délétère. Non, se répéta-t-elle. Ne serait-ce que pour PAB, elle ne pouvait pas prendre le risque d'aller seule au rendez-vous du 13. Elle avait bien fait d'appeler David.

« Nous vous rappelons qu'il est obligatoire de valider son titre de transport sous peine d'être verbalisé. » Elle sursauta intérieurement. À Alma-Marceau, un type en imper marine et liseré vert venait de monter et se penchait vers le conducteur.

– C'est drôle, se dit-elle. Pour une fois que je suis en règle...

En général, Lestrange ne payait pas, ne validait rien et s'asseyait sans faire attention sur les sièges pour invalides.

– J'ai beau avoir un ticket, mes sens sont en éveil, remarqua-t-elle. Comme si, même en règle, elle ne débranchait jamais vraiment. Que ses antennes s'activaient quoi qu'il en soit. C'était peut-être normal. Le cerveau d'une bonne cleptomane se devait d'être toujours en alerte. Elle imagina un corps se purgeant lentement d'une substance chimique et se dit que, sûrement, c'était la même chose pour son esprit. Si tant est qu'elle se débarrasse un jour de sa cleptomanie – mais pourquoi pensait-elle à ça maintenant ? – il lui faudrait certainement du temps pour éliminer ce réflexe. Ne plus rien sentir en entendant la voix du rappel à l'ordre. Encore faudrait-il que les gens cessent de se vêtir n'importe comment. C'était agaçant à la fin, ces types qui montaient dans les bus habillés comme des contrôleurs de la RATP !

Elle sortit de son sac le magazine volé dont elle reprit la lecture. Une neuroscientifique expliquait que notre cerveau est naturellement disposé à la recherche de récompenses et que cette quête est à la base de notre motivation pour agir. « La neurophysiologie nous enseigne qu'un signal gustatif ou sonore à son entrée dans le cerveau ne comporte aucune information sur son caractère agréable ou désagréable, poursuivait-elle. Il n'existe pas de récepteur au goût délicieux d'un bon chocolat ou de cellule tympanique sélective pour la beauté d'un arpège. Nous ne recevons que des sensations brutes auxquelles une couleur hédonique est ajoutée au cœur du système nerveux central. »

Valentine n'était pas sûre de tout comprendre et comme l'autobus entrait dans Neuilly, elle pressa le bouton d'arrêt. Elle lut encore quelque chose sur le « noyau accumbens », une région du sous-cortex dont on expliquait qu'elle était riche en récepteurs de la dopamine, un neurotransmetteur impliqué dans la motivation, mais aussi en récepteurs des opiacés, c'est-à-dire de molécules dont la structure est proche de celle de l'opium. Est-ce que c'était ça, le « hot spot » du plaisir ? Est-ce que c'était lui, ce noyau qui nous soufflait que le chocolat était bon ou l'arpège dissonant ? Tout cela pouvait-il avoir quelque chose à voir avec la jouissance d'une cleptomane ? Ce noyau, cet « obscur noyau du désir » comme disait l'article. Tout ça était si buñuelien. Au moment où le bus s'arrêta, Valentine attrapa son sac et abandonna le magazine sur son siège. Enfin chez elle ! L'image d'une tasse d'English Breakfast et d'une plaque de chocolat du Brésil passa devant ses yeux. C'est Accumbens qui allait être content ! Elle ferait ce qu'il lui dicterait, parce qu'il l'avait bien mérité. La journée avait été rude.

*

Le lendemain, Lestrange prenait son petit déjeuner dans sa vaste cuisine. Il devait être 9 h 30. Elle était vêtue d'un kimono bleu, une pièce de soie fluide et élégante, subtilisée chez Barney's après une négociation particulièrement éprouvante avec la galerie Burns de New York. Elle avait le regard dans le vide. Dieu sait quelles impressions traversaient son esprit. Le contact de la soie sur sa cuisse ? Le luxe de ce moment de paix ? La beauté du décor qui l'entourait ? Elle aimait cette pièce, la cuisine. Se redisait souvent à quel point leur architecte avait réussi à en faire un espace aéré, avec ses trois arrières cuisines disposées tout autour, un peu comme des absidioles autour d'un chœur d'église. Belle trouvaille ! Et comme c'était pratique pour dissimuler l'énorme frigo américain, les deux lave-vaisselle et tout le matériel habituel d'une grande cuisine.

Car si Lestrange n'aimait ni l'ordre ni les ordres, elle détestait le désordre. Lieux mal rangés, objets qui traînent, négligé, chaos : rien ne la mettait plus mal à l'aise. Ce qu'elle appréciait dans cette cuisine, c'était qu'elle ressemblait à une pièce de réception, meublée avec goût, sans rien qui choque son œil d'esthète. Une ancienne table de monastère, chinée en Provence, trônait au milieu de ce cadre ultra-contemporain. Et créait, pensait-elle, une stimulante alliance de styles. De même que la grande photo en noir et blanc, manifestement inspirée des solarisations de Man Ray, qui surplombait la table. L'artiste, un jeune inconnu qu'elle se targuait d'avoir découvert, la lui avait offerte quelques mois plus tôt. Derrière, il avait inscrit à la main cette phrase : « L'art, c'est ce qui rend la vie plus intéressante que l'art. » Sûrement pas de lui... Au reste de sa maison, Valentine accordait le même soin. Mais la cuisine revêtait une importance particulière. C'était les premières images que son cerveau enregistrait chaque matin et il était crucial que s'en dégage une beauté parfaite. Minimaliste. Japonaise presque.

Ce jour-là, Pierre-Antoine était parti travailler plus tôt encore que d'habitude. Valentine déjeunait seule dans la cuisine. Prendre le temps de s'éveiller. Se couler en douceur dans une nouvelle journée comme dans l'eau claire d'une piscine. Elle se préparait un verre d'eau fraîche avec du citron puis un grand bol de thé corsé – force huit au moins sur une échelle de dix – qu'elle disposait avec goût sur des sets en bambou très fins, escamotés dans une boutique branchée de Saïgon. Elle buvait l'eau d'abord, d'un trait.

Puis le thé, à petites gorgées, en attendant le jus d'agrumes bio pressés que Maria préparait pour elle à l'office.

Elle prenait son temps. Elle avait lu ça dans un magazine féminin : selon une étude de l'*American Journal of Dietetics*, les personnes qui mangeaient lentement absorbaient soixante-six calories en moins par repas. C'était le seul moyen de garder la ligne. Or Lestrange s'était acharnée, toutes ces dernières années, à combattre sur son corps les effets disgracieux du temps, comme on disait par euphémisme dans le même magazine. Pas le moment de craquer. Sa discipline commençait à ce moment précis de la journée pour se poursuivre jusqu'au soir. Un dîner frugal mais toujours minutieusement mis en scène. Elle se rappelait son grand-père disant le bénédicité avant de s'asseoir. Elle, Lestrange, ne priait pas, avait rompu toute relation avec le divin, mais aimait marquer un temps d'arrêt pour admirer l'ordonnancement de la table. À la fin, elle préparait une tisane organique, pour elle et PAB, puis s'octroyait un carré de chocolat – un seul et qu'elle faisait durer. L'exercice du chocolat était un rituel dont elle tirait une grande jouissance. Elle le prenait entre le pouce et l'index, appréciait son poids, son contact, le sentait se liquéfier doucement sur la pulpe de son pouce. Puis elle respirait les effluves du cacao noir. Le posait sur sa langue. Attendait qu'il devienne mou et liquide et le dégustait jusqu'à ce qu'il n'en reste rien. Plus la moindre trace. Ni sur la langue ni sur les dents.

Seulement parfois – c'était un moment qu'elle redoutait toujours –, le carré en appelait un autre. Puis un autre. C'était plus fort qu'elle. Était-ce Accumbens l'insatiable qui devenait fou ? Qui voulait plus, toujours plus ? Elle ne pouvait s'empêcher d'étendre le bras alors pour attraper la plaque entière. Il arrivait même que, dans le secret de l'arrière-cuisine, pendant que PAB était en train de travailler ou de téléphoner, elle engloutisse un à un tous les carrés jusqu'au dernier. Cette force qui s'emparait d'elle alors... Ce bras détaché de son corps qui se tendait tout seul. C'était exactement comme dans les magasins. Un shoot. Voler et manger semblaient découler d'un même type de pulsion. Sauf que voler ne faisait pas grossir.

C'était souvent le soir qu'elle arrivait à cette conclusion pratique. Que la gourmandise produisait en elle deux effets contraires – le plaisir n'étant jamais séparable du remords d'avoir succombé. Tandis que la cleptomanie, elle, n'était pas contrariante. Même si... Elle repensa soudain à la convocation du 13. Comme c'était bizarre, elle l'inquiétait vaguement et pourtant, elle l'avait déjà oubliée.

Elle alluma la radio.

– ... et pour cela, je reçois le professeur Marc Majid, chercheur à l'Inserm et spécialiste des questions d'addictologie. Bonjour...

Encore ? Encore les addictions ? Il devait décidément y avoir une actualité particulière qu'elle ignorait. Une journée sans tabac ? Une nouvelle campagne contre l'alcool ? Un nouveau scandale sexuel ?

Ce neurobiologiste racontait que lui et son équipe avaient mis en évidence un gène directement impliqué dans la vulnérabilité à la toxicomanie.

– Vous dites que lorsqu'il est dysfonctionnel ce gène rend l'homme et l'animal beaucoup plus vulnérables à l'addiction, demandait le journaliste. Où se trouve ce gène ?

– Il est situé dans une petite région de notre cerveau appelée centre de la récompense.

Valentine repensa à l'obscur noyau du désir. Le gène et le noyau devaient être voisins dans ce fameux centre de la récompense.

– Les animaux en ont un aussi, poursuivait l'interviewé. C'est quelque chose de très important dans la nature. Quand vous passez à portée de quelque chose qui peut se révéler capital pour votre survie, votre centre de la récompense s'active. Un exemple moderne : je marche dans la rue, je vois un billet de cent euros par terre. Si je me dis je le ramasserai demain, le billet sera perdu. Il faut donc qu'il y ait en moi quelque chose qui m'aiguillonne et me pousse à agir, vite. Quelque chose qui fait que je suis surpris en voyant ce billet et que je vais enclencher une série d'actions. Voilà, ça c'est le travail du centre de la récompense.

– Et comment reliez-vous cela aux addictions ?

– Le problème de ce centre, c'est qu'un certain nombre de substances et de comportements peuvent le « kidnapper », ou si vous préférez, le détourner. Ces substances on les connaît, la drogue, la cigarette… Les comportements, ce sont les jeux vidéo, le sexe, le poker… mais aussi la nourriture, le travail, le sport en excès… Le mécanisme est toujours le même. À un moment, le système s'emballe, il devient compulsif et, qu'il s'agisse de substances ou de comportements, vous en faites une consommation que vous ne contrôlez plus. C'est alors que vous basculez…

– Est-ce toujours négatif ?

– Non, poursuivait le neurobiologiste. C'est toute l'ambiguïté de l'addiction. C'est aussi ce qui la rend si intéressante. Si vous êtes accro au violon ou au travail, ce sera valorisé socialement, tandis que si vous l'êtes à l'alcool ou au sexe…

– Mais alors que faire ?

– D'abord prendre conscience que les victimes d'addiction sont des victimes justement. Souvent, elles ne sont pas reconnues comme telles. Or, la plupart du temps, ces gens sont emportés, vivent un enfer, voient leur vie détruite, perdent leur travail, leur famille, leurs amis. On le sait bien, les addicts font des choses catastrophiques, en sont conscients, mais ne peuvent s'en empêcher. Le système s'est emballé. Ils sont impuissants. C'est en cela qu'ils sont victimes.

– Alors je vous repose la question, professeur : que faire ?

– Il est difficile de lutter contre ce phénomène à double titre. D'abord le mécanisme est si puissant qu'en général les malades ne veulent pas se soigner. Demandez à un fumeur d'arrêter le tabac. Souvent, même s'il est malade, il s'y opposera. Pareil pour la drogue ou l'alcool. Les victimes elles-mêmes ne se voient pas comme telles. Malade, moi ? Les gens pensent dur comme fer qu'ils vont très bien.

– Et les médicaments ?

– On en a peu qui marchent. Comme je le disais, l'addiction est un phénomène ambigu. Un phénomène qui touche le système de récompense. Si vous amortissez trop ce dernier, plus rien ne va avoir de valeur ou de saveur. Votre vie deviendra très terne. Dans la dépression, ce système de récompense est complètement à plat, c'est ce qu'on appelle l'anhédonie. Donc, vous voyez, si vous commencez à prendre des médicaments pour traiter l'addiction, vous pouvez susciter d'autres problèmes...

– En conclusion, professeur, quel message voudriez-vous faire passer à nos auditeurs ?

– Eh bien, disait le scientifique en se raclant la gorge, si je peux envoyer un message fort ce matin sur cette antenne, c'est que l'addiction n'est pas un problème de volonté. On sait très bien que si voulez sortir de l'addiction par votre seule volonté, vos chances de succès sont de l'ordre de cinq pour cent. Proches de zéro. Dans quatre-vingt-quinze pour cent des cas, vous allez échouer. Je répète, ce n'est pas une question de volonté.

– Mais alors... Le journaliste ne termina pas sa question et le chercheur reprit.

– Il faut bien comprendre... moi je les ai vues, les tranches de cerveau de mes souris. J'ai bien vu à quel point elles sont transformées. Le circuit est complètement modifié, c'est trop fort. Vous ne pouvez pas lutter. C'est une maladie. Une maladie qu'il faut soigner au même titre que si vous avez un bras cassé ou...

À cet instant, la sonnette retentit. Maria vint trouver Valentine d'un air interrogateur. Lestrange éteignit la radio et fit signe que oui. Essuyant ses mains sur son tablier à dentelles, l'employée de maison posa devant Lestrange le verre de jus qu'elle venait de lui confectionner, comme tous les matins – oranges pamplemousse et citron bio – puis se dirigea vers la porte et se colla à l'œilleton.

– La Poste, dit-elle.

À nouveau, Lestrange fit signe que oui. Maria tourna les clés dans la serrure de la porte blindée cinq points dernier cri que Pierre-Antoine venait de faire installer (ils s'étaient déjà fait cambrioler deux fois dans cet hôtel particulier et pour beaucoup de choses, des habits, des bijoux, des objets, il avait été impossible de faire jouer l'assurance. Elle n'avait pas de facture. Et pour cause...). Se servant du système métallique qui permettait d'entrebâiller la porte sans l'ouvrir, Maria allongea la tête dans le vide. Valentine entendit deux mots. Signature. Procuration.

– Pour vous, madame. Un recommandé...

Encore ? Lestrange se leva pour aller signer. Comment ce type de la Poste avait-il pu arriver jusque-là ? D'habitude, la gardienne filtrait. Elle signait pour elle. Lestrange n'avait pas besoin de s'en préoccuper. Maintenant elle ressentait un vague pincement en marchant vers la porte. Le système de sécurité était-il bien au point ? Surtout, c'était ce nouveau courrier qui lui faisait froncer les sourcils. Le dernier recommandé, qui était arrivé comme ça, au petit déjeuner, elle s'en serait bien passée. Surtout qu'à nouveau l'enveloppe émanait de la préfecture de Police.

*

Mais cette fois, c'était bien ça. La lettre qu'elle attendait. Elle reconnut sa propre écriture sur l'enveloppe timbrée « envoyée à cet effet ». Et lut en diagonale :

Relevé d'information intégral.

Ce document n'est communicable qu'au seul titulaire du permis de conduire. Le fait, pour un tiers non autorisé par la loi, notamment un employeur ou un assureur, d'obtenir soit directement soit indirectement communication de ce document, est un délit prévu par l'article L225.8 du code de la route.

Numéro de dossier 80074110252
Code confidentiel : XX5KLK2D
NOM : LESTRANGE (de)
PRÉNOM : Violaine
NOM USAGE : BERG
ADRESSE : Villa du Tour 92 NEUILLY
Titre délivré le 19 septembre 1970 par la Préfecture de l'Indre-et-Loire

SOLDE DE POINTS : 1/12

Elle fut soulagée et agacée. Un point. C'était royal. Il était encore temps de sauver son permis ! Mais Violaine... L'Indre-et-Loire... Elle détestait tout ce qui lui rappelait son ancienne identité. Ce château à moitié délabré de Touraine où elle avait passé son enfance. N'était-elle pas Valentine désormais ? Un nom qu'elle n'avait emprunté à personne. Une identité qu'elle s'était forgée.

Le même jour, elle résolut de prendre le taureau par les cornes. Elle avait bien fait d'aller voir David. À coup sûr, l'avocat allait lui permettre de sauver la réputation de son mari, la sienne, leur couple, les apparences… tout rentrerait dans l'ordre. Eh bien, pour ce satané permis, c'était pareil. Pas de quoi s'inquiéter. S'en occuper, c'était tout. Lestrange n'imaginait pas une seule minute renoncer à sa Mini noire si on lui confisquait son dernier point. Mais elle voyait d'ici le scandale que cela susciterait encore si l'on apprenait que l'épouse du nouveau ministre conduisait sans permis. Au fond de son bol, elle vit flotter un tweet assassin. Un entrefilet du *Canard* s'épanouissant telle une fleur de thé chinoise. Comme c'était pénible de ne pouvoir être, même à sa toute petite échelle, une hors-la-loi ordinaire. Enfin, se dit-elle en avalant la dernière gorgée de jus. Inutile, là encore de prendre ce risque idiot. En soupirant, elle alla chercher son portable et tapa : « stage de récupération de points ».

*

Ça la frappa le deuxième jour. Le deuxième jour du stage. Il suffisait de changer les mots et voilà qu'on parlait d'elle. D'elle ou plutôt de sa cleptomanie. Il y avait là une douzaine de participants. Profils divers à première vue. Surtout des hommes. Le premier jour, elle n'apprit rien. Sinon que conduire venait du latin « cum-ducere », conduire avec. Avec l'autre évidemment. L'autre, l'enfer. Ah ah... L'animateur s'était présenté comme un ex-motard qui avait frôlé la mort, était rentré dans le droit chemin et entendait bien que les brebis galeuses ici présentes finissent par faire de même. Il portait des jambières en cuir noir avec une chemise à carreaux et arpentait en tous sens ce qui ressemblait à une salle de classe exiguë et sans oxygène.

– C'est dire comme ce « cum » est important..., insistait-il. Il signifie, vous le comprenez : mène ta vie comme tu l'entends mais ne nuis pas à l'autre, ne le menace pas, ne le spolie pas...

Le motard latiniste était aussi philosophe. Il parlait de « in-fractio », de « rupture de l'intérieur du contrat social », si bien que Lestrange au bout de cinq minutes se demandait déjà comment elle pourrait tenir deux jours.

Puis le motard fit un tour de table. Chaque participant était invité à dire pourquoi il était là et ce qui, de son point de vue, clochait dans sa conduite. Une confession en somme. Mais à entendre les réponses, tout allait pour le mieux. Les types ne buvaient pas, ne rentraient jamais ivres après une soirée, se faisaient raccompagner, sortaient peu, du reste, très peu, ne consommaient aucune substance, ne se laissaient jamais aller au moindre excès de vitesse, à moins vraiment d'une absolue nécessité, et fuyaient comme la peste l'idée du portable au volant. À se demander pourquoi ils étaient là.

Lestrange observa la même prudence. Mais avait-elle le choix ? Pouvait-elle décemment dire la vérité à ce motard inconnu ? Avouer qu'elle ne connaissait pas – ou plus – les trois quarts sinon les quatre cinquièmes des panneaux qui jalonnaient les routes sur lesquelles elle roulait ? Qu'elle s'en foutait éperdument car elle n'en tenait – ne voulait en tenir – aucun compte. Et qu'elle considérait comme naturel de flotter en dehors, pour ne pas dire bien au-dessus de tout ça ?

Pouvait-elle lui expliquer qu'elle ne cherchait pas à se comporter comme un danger public – encore moins comme une menace pour « l'autre » –, qu'elle n'avait aucune intention dolosive, comme on disait en droit – mais que, simplement, elle ne supportait pas qu'on décide à sa place. Lui expliquer enfin qu'elle abhorrait les codes, les règlements, les décrets, les arrêtés, les édits, les statuts, les dispositions, les clauses et tout ce qui se mêlait d'améliorer sa vie. Pouvait-elle le dire, sans renoncer du même coup à son cher, à son précieux permis de conduire ?

Quand vint son tour, elle se rappela les propos de David et, sur un ton volontairement humble, dit d'une voix douce et à peine audible.

– En téléphonant... J'ai perdu mes points en téléphonant.

Puis elle essaya de se rendormir sans que cela se voie.

Le deuxième jour fut d'une tonalité différente.

– Alors, demanda le motard. La nuit a été courte ? Avez-vous des questions ? Qu'avez-vous compris de la séance d'hier ?

– Que le danger vient de moi, répondit tout de suite l'un des participants qui croyait intelligent de jouer au bon élève de si bon matin.

Comme la veille, Lestrange pestait d'avoir dû se lever si tôt.

– Mais encore ?

Silence.

– Qu'il y a des interdits..., dit un autre. En même temps, si on interdit tout, on peut pas vivre. C'est ça que je dis, la vie est un risque et...

– J'ai une question, intervint de but en blanc le quadragénaire à moustache et à l'accent russe. J'ai bien compris tout ce qu'on a dit hier mais en dehors de ça, je veux dire..., enfin..., y a-t-il un moyen de savoir où sont les caméras cachées ?

Tout le monde éclata de rire. Un indécrottable, se dit Lestrange. Un camarade... Peu à peu, l'atmosphère se détendait. Les participants levaient la garde. Ils commençaient à parler. À déraper même. Était-ce justement ce qu'attendait l'auto-école ? Le motard n'était décidément pas mauvais en maïeutique. Manipulateur ? Disons qu'il mettait en confiance. Elle resta sur ses gardes, tendit l'oreille et s'étonna elle-même. Jamais elle n'aurait pensé que ce qui se dirait dans ce lieu l'intéresserait une seule minute.

C'est le Russe qui commença :

– Les autres me font peur, mais moi, j'ai confiance en moi...

L'animateur :

– Que voulez-vous dire ?

– J'travaille comme chauffeur-livreur. Même quand je suis fatigué, j'roule. J'ai l'habitude. Je ferme les yeux trois-quatre secondes. Pas de problème. Le camion continue...

– Hmmm... L'animateur fronçait les sourcils. Vous avez quoi comme camion ?

– Dix-neuf tonnes.

Le Russe continua :

– Un jour, c'était sur le périph, j'étais complètement bourré. Saoul. Je me suis fait arrêter par les keufs. Le flic m'a demandé de souffler et... m'a raccompagné chez moi. Comme un con, il était 5 heures du mat, je lui ai proposé de boire un coup. Ma femme m'a engueulé... Le lendemain, j'étais encore tellement saoul que je ne me souvenais plus de rien. J'ai cherché mon véhicule et j'ai vu qu'il était garé nickel. Jamais il n'avait été aussi bien garé.

– Que voulez-vous dire ?

Le voisin du Russe intervint.

– Ben, il veut dire qu'on connaît tous des gens qui boivent jour et nuit et qui conduisent très bien. Moi aussi, il m'arrive de boire un coup, et j'suis pas dangereux pour autant.

– Moi, quand je suis plein, ça ressort, dit un troisième.

Lestrange se demanda ce qu'il voulait dire par là exactement. Il ajouta qu'il devait s'absenter deux minutes pour déplacer sa voiture parce que d'habitude il chipait la carte handicapé de son oncle mais là, comme un couillon, il l'avait oubliée…

La conversation roula sur le cannabis, les médicaments, la vitesse. La fille qui était assise à sa droite et qui était restée mutique depuis la veille se mit à parler. Elle raconta que même avec sa Laguna pourrie, elle roulait à donf le plus souvent possible. Qu'elle ne pouvait pas s'en empêcher. Qu'elle était accro.

Elle était jeune, vingt-huit, vingt-neuf peut-être. Avec un blouson vert et du vernis à ongle fuchsia écaillé.

– La personne qui va vite, elle s'aime, elle se kiffe, reprit-elle. Moi, même si y mettaient des radars de ouf partout, je continuerais à être à fond parce que j'aime trop.

Lestrange ne put s'empêcher de faire un parallèle. Est-ce qu'elle-même continuerait à faucher s'« ils » mettaient des caméras partout ? Parce qu'elle aimait trop et qu'elle était accro ? À ce moment, le motard se leva et se racla la gorge. On eut dit qu'il attendait cet instant pour reprendre la parole et la situation en main.

– Moi aussi j'aimais trop ça, la vitesse. Faire le con sur la route. À 5 heures du mat, traverser la rue de Rivoli en venant de la rue du Renard. Le genre roulette russe, vous voyez ? Mais quand on roule trop vite, on ne s'arrête plus… Un jour j'ai tapé contre un rouleau compresseur. Deux mois de coma… ça ne m'a pas suffi. Je suis reparti. Je m'éclatais. Je ne connaissais plus personne en Harley Davidson. Ma passion pour la vitesse m'a même conduit sur les circuits automobiles. Mais là, j'étais moins bon.

Silence.

– C'est la paternité qui m'a fait réfléchir. Je me suis dit : comment se fait-il que tu sois encore vivant alors que tu fais tout pour mourir ? Comment se fait-il que les autres s'arrêtent ? Parce que, voyez-vous, c'étaient les autres qui s'arrêtaient. C'était grâce à eux que j'étais là. En respectant la règle, ils me sauvaient…

Pause. Le motard était bon orateur. Il reprit :

– La règle, quand vous la respectez est un don que vous faites à un inconnu. C'est presque un acte d'amour social.

*

À la fin de la journée, l'animateur-motard-latiniste-philosophe récapitula ce qu'il appelait pompeusement – on sentait que cela lui faisait plaisir d'utiliser ces mots – « les mécanismes de l'addiction d'un point de vue physiologique et psychologique ». Lestrange avait d'horribles fourmis dans les jambes. De cinq minutes en cinq minutes, elle soulevait la manche qui couvrait sa montre.

– Mon travail s'arrête là, dit-il enfin. Mais le vôtre commence. Si vous êtes satisfaits de votre comportement, alors très bien, ne changez pas. Au mieux, on se reverra l'année prochaine. Mais si vous ne l'êtes pas, alors dites-vous que le changement, c'est maintenant, comme disait un président. Ça prendra du temps. Dans toutes les conduites addictives, il faut trois ans en moyenne pour se transformer vraiment. On change et puis on rechute. C'est normal. Il faut chuter. Mais vous ne retomberez pas au niveau initial. D'où l'importance de vous fixer un objectif accessible. Allez-y par paliers. Méfiez-vous de vous.

– Ça veut dire quoi méfiez-vous de vous ? demanda le voisin du Russe.

– Ça veut dire que nous sommes les premiers à trouver pour nos actes une rationalisation a posteriori. Une bonne raison qui légitime nos déviances. Vous connaissez l'histoire du type qui grille le même stop depuis dix ans ? Ce type grille systématiquement un stop et une priorité à droite quand il sort de chez lui. Pourquoi ? Parce qu'il n'y a personne, pardi. Jamais personne... Un jour, pourtant, il se prend une voiture. « Ben qu'est-ce qu'il foutait là ? s'énerve-t-il. Normalement y a jamais personne ! »

*

C'était enfin terminé. On signait les feuilles de présence attestant qu'on avait été suffisamment assidu et bon élève pour récupérer quatre points. Lestrange entendit sa voisine se pencher vers l'animateur :

– Dites, euh... à propos de vitesse... Vous avez finalement compris, vous, pourquoi vous étiez si accro ?

– Ce n'était pas à la vitesse que j'étais accro. En avion, dans le TGV, je n'éprouvais pas de plaisir. Ce n'était pas la vitesse, non. C'était la sensation de l'accélération.

Il réfléchit :

– Comme au manège, à la foire du Trône...

Il la fixait dans les yeux.

– Ce que j'ai compris aussi, c'est que la vitesse m'avait permis de déplacer mes problèmes. Ceux de l'adolescent que j'étais. La lutte contre mes parents était devenue une lutte contre le système.

La fille fit tourner autour de son index l'anneau de clé de sa Laguna pourrie. Elle avait l'air perplexe.

– Merci…, dit-elle évasive.

Et elle s'en alla en serrant sur elle le précieux papier.

*

« Ce n'est pas la vitesse, mais la sensation de l'accélération. » Le soir dans son salon, face aux deux hautes toiles de Soulages qui encadraient la cheminée de marbre, Lestrange attendait le retour de Pierre-Antoine. Elle s'était fabriqué un nid dans les canapés blancs, avec un plaid de cachemire et le chat sur ses jambes. Elle trouvait ça très graphique, tout ce noir et blanc avec chat assorti. Il devait être 22 heures. Son mari ne rentrait jamais avant cette heure. Pour patienter, elle s'était versé un doigt de pauillac qui restait du dîner de la veille – dans un joli verre de cristal ancien dont elle admirait distraitement la taille. La phrase du motard roulait dans sa tête. Curieux comme ce pouvait être la même chose pour la cleptomanie. Pas l'objet volé, mais la sensation de voler. Dans les deux sens du terme, presque. D'échapper à la pesanteur. De se kiffer, comme aurait dit la fille au blouson vert et aux ongles fuchsia. Elle avait aussi eu cette remarque : les routes auraient beau être jalonnées, truffées de radars, elle accélérerait quand même parce que c'était trop bon. Elle leva les sourcils. Comme elle comprenait ce que ça voulait dire ! Elle, Valentine de Lestrange épouse Berg, pourrait bien gagner trois fois de suite à l'Euromillion, elle continuerait de clepter ses allumettes et ses savons. Parce que c'était trop bon.

*

Au même moment, dans son salon de l'Alma, David s'endormait sur le *Financial Times.* Sa tête tombait. Il essayait de lutter mais sombrait dans le sommeil avant de revenir à lui en sursaut.

– J'y vais, lança-t-il à sa femme Josepha qui finissait de ranger le dîner dans la cuisine. Je vais me coucher…

– Déjà ? Mais il n'est même pas 10 heures… C'est ton conseil d'administration qui t'a épuisé comme ça ?

– Je vais bouquiner au lit. Tu viens ?

La journée avait été sportive. Heureusement qu'elle s'était bien terminée. Les partners avaient fêté l'inscription du cabinet à *The Legal 500*, un ouvrage de référence qui répertoriait les meilleurs cabinets d'affaires de la place. BMS Partners était spécialisé dans la résolution de grands litiges internationaux, essentiellement dans les domaines financier et boursier, le pénal des affaires, les risques professionnels et industriels… Grâce à cette bonne nouvelle, le cabinet pouvait espérer voir son volume d'affaires continuer à croître encore significativement dans les mois à venir. Et cela sans compter les nouveaux vecteurs de croissance. Le *regulatory*, le contentieux. Surtout le contentieux. Tout ça bougeait et ouvrait des marchés nouveaux. Depuis les affaires Cahuzac, Tapie, Ricci et les autres, on pouvait voir que les questions d'éthique, de transparence et de moralité avaient envahi toutes les sphères. Publiques comme privées. David avait donné des directives pour qu'on refasse leur site internet. En insistant sur le fait que l'air du temps changeait et que la tolérance n'était plus de mise. Le cabinet en profitait à plein.

Soudain, alors qu'il se levait et ramassait les pages du *FT* qui avait glissé au pied du canapé, David repensa à Valentine.

– Merde, se dit-il. On est déjà le 11 et la convocation est le 13. Après-demain…

Il n'avait pas oublié mais avait classé cette affaire, si mineure pour lui, dans un recoin secondaire de son cerveau. Le centre du classement ? Sûrement pas celui de la récompense en tout cas.

– *Shit*, se dit-il encore. Après-demain ça tombe vraiment mal !

En ce moment même, il avait sur les bras deux gros arbitrages qui les mobilisaient sans trêve, lui et trois autres de ses associés. C'était pour ça qu'il était épuisé au point de s'endormir sur le *FT*. C'était pour ça aussi qu'il était rentré tôt ce jour-là. Directement après le pot. Pour souffler un peu avant de repartir le lendemain à Zürich. L'une des deux affaires le réclamait là-bas. Il se lèverait à l'aube et rentrerait par le dernier avion. Encore plus crevé… Alors cette histoire de cleptomanie, cette stupide « non-affaire » tombait comme un cheveu sur la soupe. Qui allait lui coûter du temps. Car la convocation n'était pas à Paris si sa mémoire était bonne. Où déjà… ? Il pesta à l'idée de devoir vérifier ces détails. Et en profita pour sortir de sa sacoche le petit dossier rouge qu'il avait fait préparer par Mélanie, son assistante. Un dossier de synthèse sur la cleptomanie. Voilà, c'était ça… À tant faire, il allait y jeter un œil maintenant. Non que ça l'amuse. Mais le lendemain, à part peut-être dans l'avion, il n'aurait pas une minute.

Le plus probable était qu'il ne se passerait rien de fâcheux lors de l'audition de Valentine. Mais il détestait arriver sans préparation. Il était perfectionniste. Et ne pouvait pas donner à son amie l'impression qu'il la rejoignait comme ça, les mains dans les poches. Au contraire. Il voulait lui montrer sa parfaite maîtrise du sujet. Même sur les terrains qui n'étaient pas les spécialités du cabinet. Et puis, on ne savait jamais à l'avance. Après tout, on ignorait toujours ce que Valentine avait volé. Lui du moins. Et elle ? Le savait-elle ? Feignait-elle d'avoir oublié ? Et si l'affaire tournait mal ? S'il y avait des suites ? Si on en arrivait à cette audience publique devant les tribunaux correctionnels dont il lui avait parlé ? Il serait peut-être utile alors de changer son fusil d'épaule. De mettre au point une autre ligne de défense. Plaider la maladie, l'addiction, le désordre psychique… Peut-être. En tout cas, il allait jeter un œil au dossier. Un coup d'avance. Avoir toujours un coup d'avance.

Il commença à feuilleter. En diagonale: « Trouble psychique ou neuropsychique ayant aboli le discernement et le contrôle des actes… d'accord… le second alinéa de l'article 122-1 de la loi du 15 août 2014… La preuve de l'existence d'une altération mentale ne peut être rapportée que par la réalisation d'une expertise psychiatrique… évidemment… Il passa rapidement. Qu'est-ce qu'elle m'a mis d'autre… ? La *Gazette du Palais*. Et ça ? Les troubles partiels ou spécialisés. Il survola, là aussi. C'était un quasi-catalogue des « états intermédiaires entre lucidité parfaite et abolition totale du discernement » : états morbides, somnambulisme, hypnose, ivresse, mais aussi pyromanie et… ah voilà… cleptomanie. Bien. Il lirait tout ça dans l'avion…

Avant de refermer le dossier rouge, il tomba sur un long article dont Mélanie avait stabilobossé des passages. Criminocorpus. « The Theft under the eye of forensics specialists. » Tel était le titre. Avec comme sous titre : « Study of the Concept of Kleptomania during the 19th

Century. » Autrement dit le vol sous l'œil des médecins légistes au XIXe siècle.

– Tiens, se dit-il, ça peut être amusant...

Quand elle faisait des recherches pour lui, Mélanie glissait souvent dans ses dossiers des documents comme ça, un peu décalés. D'une façon générale – elle le savait –, il aimait être surpris, trouver des angles originaux pour ses plaidoiries. Feuilletant plus attentivement, il vit qu'il s'agissait en quelque sorte de l'histoire de la maladie. La cleptomanie vue par le droit et la médecine depuis cent cinquante ans. On y racontait comment le Second Empire avait vu naître et se développer le concept de « grand magasin » – Le Bon Marché, Les Grands Magasins du Louvre, le Bazar de l'Hôtel de ville, le Printemps, la Samaritaine... Mais aussi et surtout comment leur apparition s'était accompagnée d'une singulière explosion de vols à l'étalage. Des vols « saugrenus et qui suscitaient l'incompréhension », disait l'article. Parce que leurs auteurs – en majorité des femmes – étaient « des dames bourgeoises et de bonne moralité, occupant des positions sociales élevées mais ne pouvant s'empêcher de voler des objets dont la valeur était généralement dérisoire en comparaison de leur état de fortune. » Un coupon de tissu, une paire de gants, un ou deux mètres de dentelle... Il n'y avait pas que des femmes. Un certain docteur Marc, un psychiatre ayant particulièrement travaillé sur la question, citait le cas du docteur M, un de ses confrères, « médecin instruit », dont la manie consistait à voler uniquement des couverts de table, des petites cuillers en particulier, et qui, poursuivi par le ministère public, avait écopé de treize mois d'emprisonnement ferme et de vingt-cinq francs d'amende.

Il lut enfin que, dans les années 1870, cette manie des vols à l'étalage – qu'on appelait aussi « magasinite » – avait pris une importance telle qu'on parlait alors d'épidémie. On n'était pas encore entré dans les replis du cerveau humain. On ne connaissait pas encore l'obscur noyau du désir. Ni les emballements du centre de la récompense. Mais un certain André Antheaume avait signé en 1925 un ouvrage intitulé *Le Roman d'une épidémie parisienne. La Kleptomanie ?*

– Je dirai à Mélanie de m'en dégoter un exemplaire. Signé si possible. Ou, encore, mieux, je le signerai moi-même. Une dédicace spirituelle. Je l'offrirai à Valentine. Ça la fera rire.

Avant de refermer le dossier, il vit qu'il contenait aussi de la jurisprudence. Et un rappel de l'affaire Winona Ryder. Quand l'actrice américaine faisait parler d'elle, non pour un nouveau film, mais parce qu'elle s'était fait prendre la main dans le sac, à voler pour plus de cinq mille dollars de vêtements dans un magasin chic de Beverly Hills. Oui, maintenant, il se rappelait cette affaire. Elle était allée dans les cabines d'essayage découper les étiquettes avec des ciseaux apportés à cet effet. Et elle avait prétendu, au moment où on l'arrêtait, qu'elle s'entraînait pour un rôle... David se souvenait aussi du battage médiatique. Les journalistes faisant pression sur les juges accusés d'être trop laxistes avec les célébrités. La tentation qui était née alors de faire d'elle un exemple... Oui, se dit-il, on essaierait d'éviter ça.

L'avocat bâilla, referma le dossier et éteignit sa lampe de chevet. À peine cinq minutes plus tard, lorsque sa femme le rejoignit dans le lit, il dormait et ronflait déjà.

*

Elle avait pris les transports en commun. Le RER A. Toujours pour la même raison. Il n'était pas question de se faire confisquer son dernier point. Et, tant que les quatre autres, les nouveaux petits points arrachés de haute lutte lors du stage, n'auraient pas encore montré le bout de leur nez sur Internet, tant qu'elle ne les aurait pas vus, de ses yeux vus, elle se refusait à prendre le moindre risque. Il ne serait pas dit qu'elle avait fait tout ça pour rien !

Elle aurait bien demandé à PAB de lui prêter Paul, son chauffeur, mais il aurait refusé. Catégoriquement. C'était une chose qu'on ne pouvait plus faire dans les années 2010. D'ailleurs, même lorsqu'il était à la banque, il n'aimait pas ça. Le mélange des genres. Les abus de biens sociaux, même pour de minuscules choses. Raison de plus, au ministère... Et puis, elle lui aurait demandé quoi à Paul ? De l'arrêter devant le poste de police où elle était convoquée ? Mauvais genre...

La voilà maintenant qui sortait du RER à La Défense et pressentait que la galère ne faisait que commencer. Elle extirpa de sa poche le fameux papier A4 toujours plus sale et déchiré. Elle se souvenait que la force publique, dans sa grande prévoyance, avait fait figurer un plan derrière la convocation. Il s'agissait donc de se rendre où ? Mon Dieu... Ses lunettes. Qu'on ne lui dise pas qu'elle les avait oubliées... Heureusement, au moment où elle faisait disparaître – mais pas au sens habituel du terme, cette fois – ses bijoux de ses poignets, au moment où elle s'était dit que mieux valait se présenter à la police la plus naturelle possible, sans bracelets ni maquillage, elle avait eu l'idée de mettre aussi des chaussures plates. Bien lui en avait pris car, à en juger par ce plan, elle n'était pas au bout de ses peines. Déjà, ça commençait mal. Sortie Nord ? Elle ne voyait que des sorties avec des noms de rues. Et rien qui concorde. Les rues du plan n'étaient pas les rues réelles et vice-versa. Elle en prit et en longea une quantité astronomique. Quand elle demandait son chemin, personne ne connaissait le poste de commandement de la rue Gutenberg. Personne n'avait entendu parler de la rue Gutenberg elle-même. On lui désignait des terrains vagues. Au loin. « Sûrement sous l'autoroute », suggéra quelqu'un.

Superstitieuse, comme toujours, Lestrange se dit que tout ça était de mauvais augure. Elle commençait à avoir mal aux pieds, l'heure tournait. Elle était pourtant partie très en avance de Neuilly. Mais son avance fondait et son inquiétude croissait. Elle songea à utiliser son téléphone. Bien sûr, comment n'y avait-elle pas pensé plus tôt ? Mais elle perdit encore de précieuses minutes à entrer les données, après quoi l'itinéraire ne lui parut pas clair. Le point bleu indiquant sa position se promenait de façon erratique sur l'écran. À un moment, elle ne sut pas très bien comment, elle se retrouva devant un bâtiment officiel avec drapeau. Ouf, sauvée, se dit-elle. Mais il s'agissait en fait de la prison. La maison d'arrêt de Nanterre. Humm... Encore moins bon signe. Elle alpagua un type qui faisait le pied de grue et qui, par chance, la renseigna.

« Il y a une caravane au début de la rue », avait-il indiqué. Une ? C'était au moins un hectare de caravanes. Un campement de Roms qui n'en finissait pas et s'étendait le long du trottoir comme une plaie à vif effilée. On ne voyait pas à l'intérieur, mais on devinait. Elle pressa le pas. Enfin, elle aperçut un panneau jaune. « Poste de commandement. Sens interdit sauf service. » Le bâtiment était au fond de l'impasse.

*

Elle était juste à l'heure. En nage, échevelée, mais à l'heure. David, lui, n'était pas là. Qu'avait-il dit ? Qu'il viendrait en voiture ? Était-il en retard ? Était-ce encore un signe ? Cette journée décidément commençait sous les plus mauvais auspices. Elle savait qu'il viendrait pourtant. Ils s'étaient parlé la veille au téléphone. Pour répéter en quelque sorte. Rappelle-toi. Humble… Et…vraiment non, tu ne te souviens pas. C'était il y a si longtemps. Oui, tu te reconnais sur les photos. Oui, c'est bien toi… mais tu ne comprends pas… Tu as sûrement été distraite. Parce que tu es une personne distraite. Tu auras reçu un coup de fil qui t'a perturbée. Tu es partie sans te rendre compte que tu oubliais de payer… Mais bien sûr tu es venue pour régulariser ça sur-le-champ…

Ça avait l'air simple. Elle se l'était redit plusieurs fois dans sa tête. Un peu bizarre de répéter ça mentalement la veille au dîner, tandis que PAB lui racontait que la BNP était visée par une plainte pour complicité de génocide au Rwanda ! Mais elle avait fait comme pour les oraux de l'École du Louvre. Ça devait marcher, se dit-elle pour s'encourager. Elle regarda sa montre. 10 h 01. Elle se demanda ce qu'elle devait faire. Attendre encore ? Envoyer tout de suite un texto à David ? Sa main tâtonnait dans le fouillis de son grand sac à la recherche du téléphone quand elle aperçut l'avocat sortant de sa voiture.

À partir de là, tout commençait. Pourtant, elle se sentait soulagée. Il prendrait les choses en main si ça tournait mal. Elle se rappelait aussi ce conseil qu'il lui avait donné. En dire le moins possible. Réfléchir avant de parler. Je sais, ça avait l'air idiot, avait-il dit un peu embarrassé, mais c'est important. D'ailleurs, elle pourrait toujours se tourner vers lui et l'appeler discrètement à l'aide si besoin était. Normalement, ça ne devrait pas être le cas… Lestrange repensa à l'image de l'examen. Oui, c'était ça. Comme passer un oral dont on a hâte de se débarrasser avant de partir en vacances. Une corvée, mais on a révisé, on n'est pas véritablement stressé, plutôt pressé d'en finir. Au fond, ce qu'elle vivait là était une péripétie dans sa « carrière » de cleptomane. Si tout se passait comme prévu, l'affaire serait classée, elle l'oublierait vite. Et tout recommencerait comme avant. *Business as usual.*

Ils gravirent des marches. Longèrent un couloir puis un autre jusqu'à une salle d'attente où on les fit patienter. « La police recrute », disait une affiche. Elle espérait – pour David surtout – qu'on ne les ferait pas attendre trop longtemps. Un policier vint.

– Affaire 000729 ? Madame... euh... Lestrange ?

– Oui, dit David. Voici ma cliente, Valentine de Lestrange et je suis son conseil. Enchanté... Il avait dit ça d'un air incroyablement enjoué en tendant la main vers le sous-brigadier. On eût dit qu'il retrouvait une vieille connaissance.

– Son conseil... ? Le policier eut l'air vaguement étonné. Puis il se présenta : sous-brigadier Carteret. Vous voulez me suivre ?

Le policier partageait son bureau avec un autre. Il les fit asseoir face à lui. À leur droite, son collègue interrogeait une très jeune fille – c'est du moins ce que devinait Valentine qui ne voyait que son dos et sa longue chevelure noire. Le collègue n'avait pas l'air commode. Quant à Carteret, à qui elle donnait une petite trentaine, il était difficile de lire sur ses traits. La seule chose qu'elle pouvait en dire c'est qu'il n'avait pas l'air hostile. Qu'il avait l'accent du Sud. Et qu'il portait un T-shirt orange avec une inscription qu'elle ne comprenait pas – plus tard, lorsque après quelques plaisanteries David aborderait le sujet du foot, elle devinerait qu'il s'agissait du club de Montpellier.

Il ne cherchait pas à faire durer le suspense, non. Il voulait juste faire son travail dans l'ordre. Méthodiquement.

– Le motif ? Oui, oui, permettez, je vous le dirai après. On va d'abord commencer par le commencement. Vous avez une pièce d'identité ?

Il étudia longuement le permis de conduire rose en trois morceaux de Valentine.

– Hé..., s'exclama-t-il. Il a vécu celui-là !

Valentine et David se forcèrent à produire un petit rire. Puis Carteret se mit à rentrer les informations dans son ordinateur.

– Alors..., donc... Violaineuh de Lestrangeuh, c'est bien ça, n'est-ceuh pas... ? Née le 27 juin 1952 à Tours, Indre-et-Loire.

D'autres prénoms ?

Nom d'épouse ?

Zut... D'emblée la question qu'elle voulait éviter. C'était la raison pour laquelle elle avait donné son permis obtenu avant de se marier. Le nom de Pierre-Antoine n'y figurait pas. Elle se tourna imperceptiblement vers David

– Oh, on peut passer dit-il. Après tout, c'est de madame qu'il s'agit. On va gagner du temps.

– C'est pas ça mais je dois rentrer un nom. Sinon le logiciel bloque, dit Carteret.

David hésita un dixième de seconde et fit signe que oui à Valentine.

– Berg, dit-elle. B-E-R-G.

Elle eut l'impression que le collègue d'à côté levait la tête.

– Oh non, se dit-elle, pourvu que celui-là ne s'en mêle pas.

– Attendez… , dit Carteret.

Il fit un bruit avec sa langue. Fronça les sourcils. Il y eut un silence qu'elle trouva trop long. Il refit le même claquement. Elle pensa : S'il fait une remarque, je n'ai qu'à sourire et dire que Berg est loin d'être un nom rare…

– Cet ordi beugue, dit-il. C'est pénible… Ah voilà… On en était où alors ? Adresse ?

Ouf. Il n'avait pas demandé de prénom pour le mari. C'était déjà ça.

Ça continuait. À toute petite vitesse parce que Carteret était manifestement une bonne nature, ni pressée ni stressée, que l'ordi beuguait toutes les trois questions et que le formulaire était inutilement long et détaillé. David avait beau continuer ses petites blagues, il commençait, c'était palpable, à bouillir intérieurement. Cela faisait près de trois quarts d'heure qu'ils étaient là et ils ne savaient toujours pas pourquoi Lestrange était convoquée…

*

– Parfait, dit enfin Carteret. On va pouvoir en venir au cœur du sujet. Je ne vous cache pas que c'est une affaire…

Lestrange et David haussèrent le sourcil.

– Enfin, dans mon pays, le Languedoc, on dirait une affaire… cornecul.

Lestrange et David fronçaient maintenant leurs mêmes sourcils.

– Que voulez-vous dire ? demanda David.

– Je pense que c'est parce que je viens d'arriver et que je débute encore dans le métier qu'on m'a confié ce truc. Mais franchement… C'est pour ça que j'étais un peu étonné que vous veniez avec un avocat pour ça, madame… Bon, au relais de Bures, à Morainvilliers, le 28 février 2015, vous avez pris pour trente euros et trois centimes d'essence et vous êtes partie sans payer. Trente euros… Je suppose que c'est un oubli… Vous avez dû avoir un coup de fil, vous garer et puis ça vous est sorti de l'idée. Enfin, j'imagine que c'est ça non ?

Lestrange n'en croyait pas ses oreilles.

– Je peux naturellement vous montrer les photos, reprit-il sans attendre la réponse. Les voici… Ainsi que le ticket et… la facture de la station-service.

Lestrange mit ses lunettes : Pompe 06. SP 95010. 1,474 €/litre.

Vente de carburant faite en mandat d'ordre et pour le compte de Total Marketing Services. Total… 30,03 € TTC. Puis elle jeta un coup d'œil aux photos. C'était bien elle, entre sa Mini noire et la pompe à essence. Elle portait un manteau violet que PAB lui avait offert à Berlin, qu'elle ne mettait plus parce qu'il était un peu usé, mais qu'elle aimait beaucoup à l'époque. Dommage, pensa-t-elle fugitivement. Vraiment dommage. La coupe était parfaite.

– Maintenant, il vous suffit d'envoyer un chèque à la station-service en précisant ces références et tout rentrera dans l'ordre, conclut Carteret. C'est pour ça que je dis cornecul. Je ne comprends pas très bien pourquoi on nous fait perdre notre temps – et le vôtre – avec ce genre d'affaire. Vous ne trouvez pas ?

Lestrange et David échangèrent un bref coup d'œil. D'évidence, ils étaient d'accord. Bien d'accord aussi pour que l'affaire se règle comme ça, d'elle-même et sans qu'ils aient à ouvrir la bouche. Désormais, David s'intéressait même à la vie antérieure de Carteret.

– Et... vous faisiez quoi avant d'arriver dans la police ?

Dans le vin. Il était dans le vin, en Languedoc. Une propriété viticole. Il avait voulu tâter autre chose en entrant dans la police. Monter à Paris. Mais il n'était pas sûr d'avoir fait le bon choix... En tout cas, si tous les deux passaient un jour par son domaine, il fallait faire le détour. Ça vaut le coup croyez-moi. À condition d'aimer le rosé bien sûr.

Lestrange détestait le rosé. Mais qu'importe. Elle n'en revenait toujours pas. C'était donc ça... Elle avait oublié – réellement oublié – de payer son essence et s'était fait choper pour la seule chose que, de toute sa vie, elle n'avait jamais eu l'intention de voler !

Elle pensa à sa mère et à sa grand-mère Mad. Comme cette histoire les aurait fait rire ! Ironique et saugrenue à souhait ! Puis elle pensa à son grand-père. Elle entendit même nettement le grain de sa voix et cette phrase qui, en pareille circonstance, lui était familière.

– Y a pas de justice.

Parfois, il disait aussi :

– Y en a que pour les coquins.

*

David avait proposé de la raccompagner. À peine dans la voiture et hors de vue, ils avaient éclaté de rire.

– Oh là là… Comme je suis confuse de t'avoir fait perdre ton temps, s'excusa Lestrange.

Elle était confuse, oui. Mais surtout vexée. Elle aurait si bien pu faire l'économie de tout ça. La confession à David. L'humiliation de l'aveu. Il aurait suffi qu'elle sache à l'avance… Ah si elle avait pu voir le film en avant-première. Carteret et ses trente euros. Pas de quoi paniquer. Elle aurait brandi son chéquier. Et l'affaire était dans le sac…

Tandis qu'ils plaisantaient tous les deux, elle continuait de s'en vouloir. Avait-elle été trop prudente ? Mais comment aurait-elle pu anticiper ? Il n'y avait aucun moyen. Elle aurait pu tout aussi bien tomber sur l'autre policier. Le plus chevronné, le moins arrangeant. Elle revit la jeune fille. De tout l'interrogatoire, elle n'avait presque pas entendu sa voix. Inaudible. Puis elle était partie. Furtivement. Sans plaisanter ni parler de vin.

– Non vraiment je suis confuse, répéta-t-elle machinalement.

– Ah mais pourquoi... ça ne manquait pas de sel..., sourit David.

– Comme tu dis... Déplacer un grand avocat international pour trente euros et trois centimes...

– Cela me fait plaisir d'être avec toi et cette intervention restera un moment décisif de ma carrière ! plaisanta-t-il.

Ils rirent encore.

– Tiens regarde..., reprit-il. Ils roulaient maintenant le long du camp de Roms qu'elle avait longé à pied dans l'autre sens.

Regarde quoi ? Il restait silencieux et elle se demandait ce qu'il avait voulu dire. Elle se sentait tout à coup un peu gênée.

– Tu crois que la jeune fille... à côté de nous ?

– Je ne sais pas, dit David.

Il resta silencieux puis :

– Tu as entendu parler de l'affaire Romina ?

– Non.

– Oh d'ailleurs, il y a eu plusieurs affaires de ce type. Récemment encore le parquet de Paris et la Brigade de protection des mineurs ont démantelé un réseau qui exploitait des jeunes Roms, des Roumains. Des gamines surtout. Entre neuf et dix-sept ans. On les formait et puis on les obligeait à voler.

Il y eut un silence. Assez long. Lestrange qui ne savait pas quoi dire avait choisi de se taire.

– On leur assignait même des objectifs. Deux ou trois smartphones par jour, que les types revendaient illico entre cent cinquante et deux cents euros. Un ou deux portefeuilles... En cas d'échec, les pauvres gamines étaient frappées à coups de poing et de ceinture...

– Un réseau de grande ampleur ?

– Plutôt, oui. Avec de coquettes sommes en jeu. Parce que, comme dit l'autre, les petits ruisseaux font les grandes rivières. Or ces salauds exploitaient beaucoup d'enfants. Des enfants esclaves.

Lestrange se demanda si c'était une allusion. Si David lui disait ça à dessein. Pour la faire réfléchir ? Pour lui faire honte ? Ou parce que, tout simplement, c'était un type bien ? À nouveau, elle résolut de se taire.

*

Depuis la convocation, elle voyait des signes. Non pas ceux qui alimentaient d'habitude ses superstitions – ceux-là elle les connaissait bien –, mais des signaux d'un autre ordre. Avant ce rendez-vous avec la police, par exemple... Avant ?

Elle se demandait soudain si elle ne mélangeait pas les dates, l'âge venant, elle avait comme l'impression que tout se brouillait, mais oui, c'était bien avant, sans aucun doute, c'était même avant d'avoir reçu la fameuse convocation. Bref, elle avait été troublée par une proposition de PAB. Quand elle y réfléchissait, la chose n'était pas en soi inhabituelle. Il arrivait souvent que son mari, lorsqu'il était fatigué, lui fasse une telle offre après le dîner.

– Bon, je travaille encore une heure, et on regarde un nouvel épisode, tu veux ?

– Ça marche. Rendez-vous au lit à 23 heures ?

– Hmmm… 23 h 15…

Ils faisaient semblant de négocier âprement l'heure du rendez-vous, comme s'il en allait d'une affaire brûlante. Puis il la rejoignait :

– On en était où déjà, demandait-il en se glissant sous la couette. Le six ?

– Non le six on l'a déjà vu, PAB. C'est celui où la fausse sismologue revient d'Iran avec les documents sensibles, tu te souviens ?

Cette fois, pourtant, il ne proposa pas cela.

– Et si on changeait ? Tu as vu *Marnie* ?

– Ah… Hitchcock ? Bonne idée, dit-elle sans réfléchir.

Elle essaya de se souvenir… Marnie ? *Pas de printemps pour Marnie…* Une histoire de vol, non ? La belle qui ne peut s'empêcher d'escroquer ses patrons ? Sur un coussin, tandis que PAB assujettissait mieux l'ordinateur – ils n'avaient jamais voulu d'écran plat dans leur chambre, il trouvait ça vulgaire... –, le lion de la Metro-Goldwyn-Mayer rugit en dodelinant de la tête. Valentine aimait ce moment. Lorsque, la nuque bien calée dans le creux de son épaule chaude, elle suivait, la main dans celle de PAB, les premières images du générique. Là aussi, c'était bien d'addiction programmée qu'il s'agissait. Elle se demandait par quels mécanismes, la musique, toujours la même dès les premières notes, venait chatouiller son cerveau reptilien. Comment un type aux États-Unis savait ce qui ferait plaisir à son noyau accumbens.

Il était fréquent que PAB saute un morceau du générique pour gagner du temps. Puis pour exprimer sa propre satisfaction, il demandait, presque invariablement : « Tu dois être bien, là ? » Elle dodelinait de la tête, comme le lion de la MGM.

Dès les premières images de *Marnie*, tout lui revint. La jeune femme à la chevelure brune que l'on voit d'abord de dos. Le gros plan sur le sac de dollars. La teinture qui s'écoule dans le lavabo, jusqu'à ce qu'elle apparaisse enfin de face. Totalement blonde. Valentine avait lu quelque part que les héroïnes d'Hitchcock ne restaient jamais brunes très longtemps. Oui, c'était ça : la jeune Tippi Hedren, formidable dans ce rôle que Grace Kelly, la blonde préférée d'Hitch et son amour malheureux, avait d'abord accepté puis décliné à cause de ses obligations princières. Quant à Sean Connery, il jouait le rôle de l'homme floué qui va la retrouver et se mettre en tête de la guérir...

Ce qui frappa aussi la spécialiste de l'art – elle l'avait déjà noté jadis, elle s'en souvenait maintenant –, c'était, tout au long du film, l'utilisation magistrale de la couleur. Le rouge évidemment, mais aussi le jaune : le sac du début, la clé jaune de la consigne, la robe de mousseline avant l'arrivée du cheval... Le jaune, la couleur de quoi ? De la tromperie ? Du mensonge ? De la frustration ? Lestrange percevait soudain tout le film sous l'angle chromatique. Couleurs et symboles. Comme si Hitchcock avait éprouvé une évidente jubilation à s'amuser avec.

– Tu es bien ? redemanda Pierre-Antoine en serrant sa main au moment de la scène du vol.

– J'adore ce film.

Marnie vidant le coffre-fort à droite de l'image tandis que la femme de ménage faisait irruption sur la gauche. Plus tard, elle apprendrait qu'Hitchcock, dans ses entretiens avec Truffaut, citait cette scène en exemple. Comme une pépite de suspense. C'était exactement ça. Marnie découvrant la présence de la femme de ménage, retirant ses chaussures, les fourrant dans ses poches et s'éclipsant discrètement. Puis venait le gros plan sur l'escarpin glissant de la poche et tombant sur le sol. Effroi. Le spectateur sursautait, mais la vieille femme ne bronchait pas. Marnie s'enfuyait juste avant l'arrivée du veilleur de nuit qui s'approchait de la femme de ménage et lui criait dans les oreilles. On comprenait qu'elle était sourde.

Soudain, Valentine fut saisie d'un doute. Pourquoi son mari lui faisait-il revoir ce film ? Pourquoi juste avant sa convocation à la police ? Était-ce une coïncidence ? Un simple concours de circonstances ? L'espace d'un instant elle imagina qu'il savait tout. Les renseignements généraux, les services secrets ou Dieu sait qui le tenait informé jour par jour... Non, c'était ridicule. Mad aurait dit qu'elle lisait trop de romans. D'ailleurs, la main qui tenait la sienne desserrait doucement son étreinte. Pierre-Antoine s'endormait. Dans le noir, elle l'écouta respirer.

*

– Je te dépose où ? demanda David à Valentine. Il était l'heure de déjeuner.

– Toutes ces aventures ont dû t'ouvrir l'appétit, comme à moi. Tu veux venir grignoter quelque chose à la maison ?

Elle mentait, elle n'avait pas faim, et tâchait ces derniers temps de déjeuner très légèrement. Une soupe miso, un bol d'algues. David fronça les sourcils.

– Voyons… Neuilly n'est pas le plus simple pour moi aujourd'hui. Si tu veux, allons chez moi manger un morceau. Comme ça, je serai tout près du cabinet.

Valentine accepta. À l'Alma, dans le penthouse du dernier étage, elle retrouva avec joie le grand tableau de Howard Hodgkin qui éclairait l'entrée.

– Je me souviens, dit-elle. Vous veniez de l'acheter, Josepha et toi, quand vous avez fait cette fête magnifique… C'était quand… pour vos vingt-cinq ans de mariage ?

– Tu es gentille. Plutôt trente-cinq.

Elle admira un instant l'explosion des couleurs, les grandes coulées de bleu de cobalt, les traces de vermillon et de jaune safran, le tout entouré d'un cadre vert prairie, comme une prédelle lumineuse et gaie. Une fenêtre souriante sur un ailleurs aux couleurs sombres, mystérieuses.

– Tu sais que sa cote s'est envolée maintenant qu'il est mort, dit-elle. Ce serait le moment de le vendre.

– Ah mais je n'ai aucune envie de me séparer de cette toile que j'adore, répondit David en jetant sa veste, son portefeuille et ses clés sur l'un des fauteuils de velours crème qui encadraient le tableau de part et d'autre. Puis, en désignant le large couloir menant au salon :

– Tu connais le chemin…

Elle le connaissait. C'était même elle qui avait recommandé Paola Navone, la décoratrice, à son amie Josepha, juste après qu'ils avaient emménagé. Et Paola avait fait un sacré bon boulot, se disait Valentine en admirant la vue sur la Seine.

– Sushi champagne ? Ça t'irait ?

David émergeait de la cuisine un plateau dans les mains.

– Impeccable. Fêtons ça au champagne. Sans rancune pour le temps que je t'ai fait perdre ?

– Non seulement sans rancune, mais je compte bien être ton avocat exclusif et attitré si quoi que ce soit d'autre se reproduisait. David rit. Je ne supporterais pas que tu ne repasses pas par moi, tu m'entends !

Ils rirent en levant leurs coupes. Puis David marqua un temps d'arrêt.

– Tu me diras que si le problème se reproduisait, il faudrait songer à une ligne de défense plus élaborée. Il y aurait récidive. Or, en cas de récidive… Bon enfin, ça dépendrait des circonstances mais on aurait certainement intérêt à plaider autre chose.

– Comme quoi ?

– Eh bien peut-être la cleptomanie cette fois, en effet… Tiens, à la nôtre…

– Il n'y aura pas de prochaine fois, dit Valentine bien consciente qu'elle ne pouvait jurer de rien. Et puis, ajouta-t-elle en levant son verre, je vais prendre des mesures. Je vais me faire soigner, promis, ajouta-t-elle en avalant la première gorgée de son champagne.

Elle n'en croyait pas un mot. Toujours pour la même raison simple : elle ne s'était jamais considérée comme malade.

– N'oublie pas ce que je t'ai dit. Pas trop quand même. On t'aime, toi et ta créativité. David souriait gentiment.

– Est-ce que tu sculptes toujours ?

– Presque plus hélas. En ce moment, je n'ai plus de temps pour rien.

– Remarque…

– Remarque quoi ?

– Non, je pensais simplement que si tu commençais une thérapie, ne serait-ce que le fait d'avoir fait la démarche… Cela pourrait nous aider si besoin était… Mais tu as raison, n'y pensons pas. Pas de prochaine fois. Tiens, tu aimes aussi les maki ? Tu te ressers ?

Valentine sentit soudain un voile tomber à l'intérieur de sa tête. L'impression diffuse que tout s'assombrissait. La lumière dehors n'avait pas varié pourtant. Un coup de blues, les fameux « mean reds » du *Petit Déjeuner chez Tiffany*.

– Je vais te laisser travailler, dit-elle brusquement en abandonnant sa coupe à moitié pleine. Je sais que ces jours-ci sont très denses pour toi. Merci encore, mon cher David. Tu as été formidable. Je n'oublierai pas. Et toi, n'oublie pas non plus d'embrasser Josepha de ma part, n'est-ce pas ?

– Bien sûr. Tu salues Pierre-Antoine ?

David fit quelques pas pour raccompagner son invitée au seuil du couloir. C'est alors que son portable sonna.

– Réponds, dit Valentine. Comme tu me l'as fait remarquer, je connais le chemin…

– Ah oui oui, c'est Zürich…, il faut que je prenne… Je te laisse claquer la porte derrière toi ?

Il toucha ses lèvres avec sa main, pour lui envoyer un baiser aérien. Au bout du couloir, lorsqu'elle déboucha dans l'entrée, Valentine se retrouva nez à nez avec le Hodgkin. Elle s'arrêta pour l'admirer encore. Juste un instant. Le temps de baisser les yeux et d'apercevoir le carré de cuir noir. Une fraction de seconde et le portefeuille de David avait disparu dans son sac.

*

Ça avait été plus fort qu'elle. Cette fameuse pulsion qui s'emparait de son bras, le soulevait, le guidait, Valentine la connaissait bien d'habitude. Mais cette fois, c'était différent. David ! Un ami ! Ça, c'était vraiment énorme. Pour la première fois, elle ressentait de la honte. Qu'est-ce qui avait pu lui passer par la tête ? Jamais elle n'avait ainsi dépouillé une connaissance. Elle qui mettait un point d'honneur à ne clepter « que » dans les magasins – et encore, pas tous.

Elle se souvenait d'en avoir parlé un jour avec sa grand-mère.

– Ah non alors ! Ni chez les amis ni dans les poches des particuliers, s'était écriée Maddy de Lestrange. Il faut une ligne de conduite, un brin de tenue, que diable !

Elle avait dit ça sur le ton de Maggie Smith dans *Downton Abbey*. Avec son inimitable accent collet monté d'aristocrate-cambrioleuse.

– Et les hôtels ?

– Ah les hôtels...

Sa phrase était restée en suspens. Valentine pensa à toutes ses salles de bains qui regorgeaient de peignoirs, de pantoufles siglées, d'épais draps de bain embarqués par « inadvertance ».

– Les hôtels sont un peu comme les magasins, lâcha finalement Maddy comme si elle rendait un verdict. Ils ont anticipé ça dans le calcul de leurs profits. Ou de leurs pertes. Ça porte un nom d'ailleurs...

– La démarque inconnue.

– C'est ça. Et ça reste anonyme. En revanche, barboter quelque chose chez des gens qu'on connaît : voilà bien un comportement qui me fait horreur, répéta Mad de Lestrange. T'ai-je déjà raconté cette histoire ? Mes parents donnaient régulièrement des fêtes quand j'étais enfant. Le Tout-Paris s'y pressait. Avant les festivités, ma mère s'amusait à placer un louis d'or sur la cheminée du grand salon. Eh bien, après la soirée, ça ne ratait jamais : la pièce avait disparu. Ma mère se tournait alors vers mon père : « Vous voyez mon cher…, nos amis sont des voleurs… »

– Elle disait ça pour le convaincre de l'étendue de « l'épidémie » ?

– Ou pour se dédouaner elle-même.

Mad était partie d'un éclat de rire.

– Elle avait la main leste, elle aussi !

À ce moment, Valentine avait compris que le vol du pain avait sans doute eu des suites. À Paris, même sortie d'affaire, la mère de Mad avait-elle récidivé ? Même sans famine, sans le besoin de nourrir ses enfants ? Est-ce parce que les tentations étaient trop fortes ? C'était l'âge d'or des grands magasins. Valentine revit en pensée une estampe qu'elle aimait bien. Une image de Félix Valloton où des femmes fort convenables, comme aurait dit Maddy, choisissent des tissus aux Magasins Réunis. Au premier plan, l'une d'elles, en robe à losanges, tend l'index vers une bobine de dentelle et murmure quelque chose à l'oreille de sa voisine. Que complote-t-elle ? Son poignet semble si souple… Valentine se figura son aïeule sous ces traits. La première klepto(wo)man d'une longue lignée. Eh bien, tout était sa faute. C'était à cause d'elle que le portefeuille de David se trouvait maintenant là où il n'aurait jamais dû.

Non. Bien sûr. Elle essayait de se réconforter en disant cela. La vérité était que pour la première fois la portée de son geste l'effrayait. Dans cet effroi – le circuit de la pensée était décidément bizarre –, elle repensa à la blague du scorpion, lorsqu'un incendie dévaste la savane. Que les animaux fuient et qu'ils doivent traverser une large rivière pour échapper aux flammes. Le scorpion aborde alors une grenouille :

– Grenouille, je ne sais pas nager. Fais-moi traverser sur ton dos et sauve-moi la vie.

La grenouille fixe le scorpion :

– Je te connais. À peine seras-tu sur mon dos que tu me piqueras et me tueras. Demande à un animal plus bête que moi.

– Mais non grenouille, réfléchis un instant : si je te pique, tu vas couler et je coulerai avec toi. Je n'ai aucun intérêt à le faire.

Convaincue par cet argument de bon sens, la grenouille acquiesce :

– Monte et dépêchons-nous. Au milieu de la traversée, elle sent une violente piqûre.

– Mais que fais-tu scorpion ? Tu m'as piquée ? Tu avais pourtant juré...

Le scorpion alors n'a qu'une réponse, la seule possible. C'était plus fort que lui.

Plus fort qu'elle. C'était ça qui l'effrayait. Elle avait certes dérogé aux règles non écrites de la déviance familiale. À peine sortie d'un pétrin, elle s'était précipitée dans un autre. Et elle se retrouvait soudain en complet porte-à-faux par rapport à David, le charmant David, qui venait de lui rendre service ! Mais ce qui l'inquiétait plus encore, c'était ce « plus fort qu'elle ». Elle s'arrêta sur cette phrase si banale.

– Qu'est-ce qu'on exprime quand on dit ça : C'est plus fort que moi ?

Qui était ce C invincible avec son apostrophe, qui la manœuvrait de l'intérieur ? Corps ? Cerveau ? Compulsion ?

Elle repensa aux paroles du type à la radio. Le spécialiste de l'addiction :

– Croyez-moi, j'ai vu les coupes de cerveaux chez mes souris... profondément transformées... on ne peut pas lutter...

C'est alors qu'une voix monta en elle et lui souffla :

– Tu es malade, Valentine.

*

Malade ? Peut-être le savait-elle confusément. Mais toujours elle avait refusé de se l'avouer. Pendant toutes ces années, elle aurait été prête à plaider la maladie devant un juge pour se tirer d'affaire. Mais au fond d'elle-même, elle n'y croyait pas, c'était un jeu, se répétait-elle. Pourtant cette fois, il lui semblait qu'elle touchait du doigt quelque chose de bien réel. Aussi réel et noir que le portefeuille de David dans son sac. Tu es malade, Valentine. La phrase tapait désormais à ses oreilles. Comme si rien ne pouvait la déstabiliser davantage que son comportement lorsque celui-ci devenait incompréhensible à ses propres yeux. Elle avait traversé la place de l'Alma et remontait maintenant l'avenue du Président-Wilson. À pied. À grandes enjambées. Cherchant un taxi. N'en trouvant pas. Perturbée. Tâchant de rassembler ses idées. Sans succès.

Qu'allait-elle faire du portefeuille ? Devait-elle appeler David ? Lui avouer la (plus humiliante encore) vérité ? Il penserait :

– Un YOP d'accord. Un vêtement à la rigueur. Mais mon portefeuille… là tu es vraiment chtarbée, Valentine.

De nouveau, elle eut honte. Et ne trouva pas la force de téléphoner pour avouer. Alors quoi ? Elle ne voyait plus comment s'en tirer. Prétendre avoir voulu lui faire une blague ? Absurde. Faire la morte ? David penserait forcément à elle lors qu'il se mettrait à chercher son portefeuille. Elle se sentait dans une impasse et soudain, elle eut froid. Pour couper le vent, elle serra les bras sur sa poitrine et pressa le pas. Elle savait qu'elle aurait dû rebrousser chemin, retourner chez l'avocat, rendre ce qu'elle avait pris. Mais elle se mit à marcher de plus en plus vite. Pourquoi ne passait-il aucun taxi ? Seule une moto remontait l'avenue dans sa direction. Soudain, alors qu'elle passait à sa hauteur, Valentine sentit le grondement du moteur tout près. Quelque chose de très puissant la déstabilisait. Lui arrachait le coude gauche. On tirait sur l'anse de son sac. On tirait à toute force. Valentine cria, hurla, s'agrippa. Fut déstabilisée. Elle se sentit tomber. Puis elle ne sentit plus rien.

*

Quand elle retrouva ses esprits, elle était allongée par terre. Un genou en sang, son collant déchiré. Sa joue gauche portait des traces d'égratignures. Quant à la paume de sa main, elle avait dû frotter le trottoir assez fort car des gravillons noirs s'y étaient incrustés qui la piquaient comme des aiguilles.

– Madame… ? Madame… ?

– …

– Ça va, madame ?

Un couple d'un certain âge se penchait sur elle. Elle remarqua qu'elle avait perdu une chaussure et l'aperçut échouée derrière elle, à bonne distance.

– Prenez votre temps, ne vous relevez pas tout de suite, dit la femme en sortant un kleenex avec lequel elle commença à tamponner le genou de Valentine. Vous n'avez rien de cassé au moins ?

Valentine fit signe que non.

– Heureusement que votre tête n'a rien heurté, ajouta l'homme. Vous avez eu de la chance. Il sembla hésiter :

– Et surtout chapeau ! Vous vous êtes cramponnée, vous avez été héroïque, dit-il en désignant du bout de sa canne le sac à main de Valentine dont le contenu gisait éparpillé sur le trottoir.

Il y eut un silence. Valentine vit ses lunettes, son chéquier et un bâton de rouge à côté du portefeuille de David.

– Quel salaud, c'est vraiment insensé, dit la femme.

– En plein après-midi, à deux pas de la place d'Iéna, renchérit le mari. Il paraît que ce genre d'agression se multiplie ces temps-ci dans le quartier. Si c'est pas malheureux.

– Comment vous sentez-vous ? redemanda la femme. Voulez-vous que je vous aide à vous relever ? Vous asseoir un moment ?

Elle désignait un banc à une vingtaine de mètres.

À cet instant, une jeune femme qui descendait l'avenue avec un bébé dans une poussette fit halte à leur hauteur.

– Euh... Je peux vous aider ? Qu'est-ce qui s'est passé ?

– Un type qui remontait l'avenue à moto... Il a frôlé madame et tenté de lui arracher son sac à main, expliqua l'homme à la canne. Mais madame a résisté, voyez-vous. Alors, il a fini par lâcher. Encore heureux qu'il ne l'ait pas traînée par terre, la pauvre.

Il hocha la tête d'un air navré. Le bébé fit une grimace.

– N'hésitez pas à porter plainte en tout cas. Nous descendions l'avenue dans votre direction. Nous avons parfaitement vu la scène. Nous pouvons témoigner.

Il cherchait une carte de visite dans la poche intérieure de son veston.

– Vous saignez… Est-ce que vous voulez que j'appelle le 15, demanda la jeune femme qui avait déjà son portable à la main.

Valentine se sentait sonnée mais fit non de la tête.

– Un taxi alors, pour rentrer chez vous ? Vous habitez le quartier ? Attendez, je vous appelle un Uber… Voilà, il arrive.

Quelques minutes plus tard, à Neuilly, Valentine posa le pied de sa jambe abîmée sur la marche du trottoir. Son genou la lançait, elle était groggy, choquée, épuisée mais enfin chez elle.

*

Désinfection des plaies. Bain. Tisane. Penchée sur sa tasse, elle regardait distraitement les fleurs de badiane colorer l'eau pure. Mais ce qu'elle voyait, c'étaient les événements de cette journée.

Journée bizarre dont elle avait hâte qu'elle se termine. Ses yeux piquaient d'épuisement.

Elle se coucha tôt mais dormit mal. C'était souvent le cas lorsque PAB était en voyage. D'habitude, ils s'endormaient en même temps. Il lui tenait la main et prononçait à son oreille la phrase rituelle « Je suis là ». Sésame vers le sommeil. Or PAB n'était pas là. La veille, il lui avait annoncé qu'il s'absentait trois jours. Le cœur de Valentine s'était légèrement serré. Elle avait l'habitude pourtant, elle aimait être seule, mais cette fois, elle aurait préféré qu'il reste. Enfin. Une réunion des ministres des Finances européens : il n'y avait rien à objecter.

Vers 2 heures du matin, un drôle de rêve la réveilla. Elle était dans une salle vide, grise, avec juste une table au milieu. Derrière, un type en uniforme la fixait. Les fixait. Car elle n'était pas seule. Un homme était assis à ses côtés et le regard du type en uniforme allait silencieusement de l'un à l'autre. À un moment, il fit entrer une femme qui tenait dans ses mains un miroir. Valentine reconnut la jeune fille rom de l'interrogatoire. Elle tendit le miroir vers Valentine qui s'y vit. Sauf qu'elle avait un visage monstrueux. Surréaliste. À y regarder de près, sa tête n'était pas de chair. C'était un triangle de bois sur lequel deux crochets à vis jaunes figuraient les yeux et un autre – semblable à ceux qui servent à immobiliser les volets – la bouche. À côté d'elle, l'homme, lui, n'avait ni bouche ni yeux. Visage lisse, indéchiffrable. Voilé.

Le type en uniforme se tournait vers la jeune fille rom :

– Allez, disait-il, racontez !

Elle expliquait comment on l'obligeait à voler. Chaque jour. Un nombre précis de portefeuilles et de portables. Et comment elle se faisait battre de retour au camp si le compte n'y était pas.

Dans le rêve, le type en uniforme continuait d'observer Valentine et son voisin sans rien dire. Enfin, il se décidait à parler.

– Vous d'abord, madame. Pouvez-vous me confirmer que vous êtes bien Valentine Berg née Violaine de Lestrange ?

Lestrange sentait l'angoisse diffuser en elle comme dans l'eau la couleur brune des fleurs de badiane. Elle s'apprêtait à répondre lorsqu'une main surgissait derrière son dos et se collait à sa bouche. C'est à ce moment précis qu'elle s'était réveillée en sursaut.

*

2 h 12. Impossible de se rendormir. Elle revoyait l'homme sans visage. Et la femme à la bouche en crochet. Celle qu'on empêchait de parler. Ils ressemblaient à des sculptures de Duchamp, sans l'humour. Elle s'efforça de chasser l'irrationnel du rêve. De réfléchir. Elle revit

la journée de la veille. La convocation, la police, tout ça était maintenant derrière elle. Elle aurait dû se sentir libérée. Allégée du moins. Or c'était le contraire. Ses pensées s'agrégeaient en magmas. La catastrophe n'était pas passée loin. Il aurait suffi qu'elle soit filmée en train de chaparder n'importe quoi et que la vidéo circule sur le Net. « La femme du ministre prise en flagrant délit de vol à l'étalage… » Une autre chose l'inquiétait. Le décalage entre les faits et le moment où était arrivée la convocation. Deux ans s'étaient écoulés. Elle pouvait donc encore, à tout moment, se voir reprocher des actes remontant aussi loin en arrière. Or Dieu sait s'il y en avait ! Cela signifiait qu'à tout moment du petit déjeuner pouvait surgir une convocation pour un fait qu'elle avait elle-même oublié. Pour lequel elle ne tomberait plus forcément sur un conciliant Carteret. Et pour lequel surtout elle serait en situation de récidive.

– La prochaine fois, oui, il faudra plaider la maladie.

Les paroles de David lui revenaient à l'esprit. Montrer qu'elle était de bonne foi, qu'elle avait envie de s'en sortir. Si au moins elle commençait une thérapie, avait-il dit. Elle pourrait arguer de sa bonne volonté.

La veille encore, elle aurait pensé que la stratégie de l'avocat était la bonne. Une attitude préventive qui ne coûtait rien et pourrait se révéler utile. Une couverture en somme. La veille encore, elle aurait soutenu qu'elle n'était pas malade. Que l'identité de chacun repose sur ses secrets. Y compris ceux qu'on se cache à soi-même. Mais maintenant... Maintenant qu'elle avait été capable de s'emparer du portefeuille de David. D'aller jusque-là. Elle se faisait peur.

– Tu es malade, Valentine.

*

Elle alluma la lumière. 2 h 29. Elle chercha son sac au pied de son lit. Du revers de sa manche de pyjama, elle essuya machinalement les traces de boue qui maculaient le joli cuir et ouvrit le portefeuille de David.

*

Six cent cinquante euros, trois cartes de crédit, le ticket tamponné payé d'un pressing de luxe (deux costumes, trois chemises), une carte de fidélité de la compagnie Emirates, des notes de restaurant et un passeport sur lequel David souriait, plutôt charmant... En un mot, rien de spécial. Il n'y avait vraiment rien dans le portefeuille de l'avocat.

Eh bien, c'était d'autant plus simple ! Valentine allait le vider de l'argent liquide, retirer les cartes de crédit, histoire de faire croire à un larcin ordinaire. Puis elle le laisserait sur un trottoir ou dans un caniveau, quelque part loin de chez elle.

L'objet serait trouvé par un inconnu, rapporté dans un commissariat et restitué à son propriétaire. Il n'y manquerait que le cash et les cartes sur lesquelles David aurait fait opposition de toute façon. Bref, la banalité d'un vol sans relief. Et tout rentrerait dans l'ordre.

Valentine soupira. Éteignit la lumière. Crut pouvoir se rendormir mais n'y parvint pas. À 3 h 01, elle ralluma. Cette fois, c'était son téléphone qu'elle chercha dans la petite poche de son sac. Et dans le halo de la lampe de chevet, elle tapa deux mots « cleptomanie » et « thérapie ».

*

Cleptomanie (ou kleptomanie) : maladie mentale… obsession consistant à voler des objets, cette monomanie pouvant se porter sur des objets dont la valeur importe peu… Impulsion pathologique poussant certaines personnes à commettre etc., etc. Symptôme… causes… Santé Doc… les raisons peuvent être psychologiques et/ou médicamenteuses… Doctissimo – Les accros du vol – Comprendre la souffrance sous-jacente…

– Tout ça, d'accord. Mais où sont les traitements ? Ah, voilà…

Thérapie cognitivo-comportementale, méditation de pleine conscience, antidépresseurs…

Voyons... Causes présumées du problème : faible estime de soi, frustrations non exprimées, antécédents psycho-traumatiques. Pour le cleptomane, ce qui compte ce n'est pas le bien qu'il s'approprie mais l'acte de voler. Pour éprouver des sensations, excitation ou peur, et lutter contre l'angoisse. La cleptomanie, qui touche en France un pour cent de la population – trois femmes pour un homme –, affecte en particulier les personnalités dépressives, bipolaires, hyperémotives... La maladie se manifeste par crises plus ou moins récurrentes, le patient étant en proie à des obsessions qui suscitent chez lui un état de tension et d'excitation de plus en plus fortes, le passage à l'acte apportant plaisir et soulagement.

À part trois femmes pour un homme – elle aurait aimé qu'on lui explique pourquoi –, tout cela n'apprenait rien à Valentine. Elle passa à un autre site. Une série de témoignages. Un forum baptisé CA pour Cleptomanes Anonymes en clin d'œil aux Alcooliques Anonymes. Sous les pseudos les plus divers, les CA racontaient leurs (més)aventures. Certaines semblant tenir de la comédie ou de la farce. Des types encore plus givrés qu'elle, pensa Valentine.

Oli69mr, un vieux célibataire, demandait de l'aide. Il avait beaucoup progressé ces derniers temps. Il ne volait presque plus rien sauf... toujours la même chose : des crottins de Chavignol. Pas des pouligny-saint-pierre ni des boutons-de-culotte qu'il aurait été plus facile de planquer dans ses poches de pantalon. Mais exclusivement des chavignols. L'appel du crottin le mettait en transe. Et comme il les préférait vraiment secs, il les collectionnait chez lui, le plus longtemps possible, jusqu'à ce que l'odeur... Bref, il voulait savoir comment interpréter cette monomanie du petit chèvre sec et surtout comment s'en débarrasser.

PrincessCharlotte, une étudiante désargentée, trouvait que le monde dans lequel elle avait été posée était trop étroit pour elle. Elle volait pour avoir ce que les riches avaient. Des choses qui brillent. De beaux objets. Avec une prédilection pour les chaussures. Récemment, elle avait jeté son dévolu sur une paire d'escarpins dont elle ne mentionnait pas la marque. Elle disait juste que quand elle était sortie de la boutique, « ça s'était mis à sonner », alors elle avait couru, couru, la peur au ventre, et s'était retrouvée sous une porte cochère. Là, elle avait attendu un peu et, une fois hors de danger, avait enfilé les escarpins pour s'apercevoir qu'elle s'était trompée de taille. Immettables. Ça l'avait « dégoûtée ». Elle les avait quand même laissés en évidence dans le hall de l'immeuble. « C'est pas parce qu'on est clepto et distraite qu'on peut pas penser aux autres. »

Nellybb14 avait un profil bien différent. Une jeune mère de famille qui avait commencé à voler des couches et des petits pots pour son nourrisson « parce que tout ça était démentiellement trop cher » et qu'elle n'avait pas les moyens. Elle utilisait les sacs de couches, sous sa poussette. C'est fou ce qu'ils pouvaient contenir. Les objets étaient bien protégés et personne ne s'en doutait – une jeune mère, pensez-vous… Peu à peu, elle s'était mise à piquer comme ça, de plus en plus, « par revanche contre le système ». Elle disait que, de toute façon, la grande distribution nous volait tous et qu'il fallait se défendre. Que la société de consommation reposait uniquement là-dessus, nous extorquer du flouze en nous fourguant des produits inutiles ou nocifs. Si c'était pas du vol ! Et tellement banalisé que plus personne n'y voyait rien. Synonyme de sa colère, de son dégoût du capitalisme à outrance et des inégalités sociales, voler devenait à ses yeux légitime. « Ne me dites pas que je n'ai pas le droit de voler ceux qui nous volent tous les jours », répétait Nellybb14. Cet « acte de résistance », elle ne l'appelait pas « voler » d'ailleurs, mais « libérer ». Elle libérait les objets qui souffraient sous le joug néocapitaliste. Elle appelait les CA à être, eux aussi, des « justiciers hors la loi ».

Olddelhi22 racontait une tout autre anecdote. Survenue en Inde lorsque la femme d'un leader d'opposition – elle-même engagée en politique – avait été prise à Londres en train de voler des petites culottes en dentelle chez Marks & Spencer. Scandale à Delhi. Lors d'une conférence de presse qu'elle donnait plus tard en compagnie de l'adjoint de son mari, la femme avait été apostrophée par un journaliste : « Madame, pouvez-vous nous en dire plus sur ce qui s'est passé à Londres ? » La femme avait crié au coup monté visant à la discréditer, elle et son parti. À ce moment, l'adjoint avait cru venir à sa rescousse de façon définitive : « In any case, avait-il dit, why would she steel ? She never wears panties anyway. » Le lendemain dans la presse, le mari réagissait depuis sa cellule : « I'll kill this bastard when I come out of prison. »

Valentine souriait. Celle-là ressemblait pas mal à une histoire inventée. De toute façon, elle ne se sentait proche de rien de tout ça. La seule CA à qui elle aurait pu s'identifier, à la rigueur, c'était Imhotep17, dont on devinait qu'elle était elle aussi une femme d'un certain âge, distinguée et indigne, piquant « par plaisir pur » et ne comprenant pas pourquoi son entourage en faisait « tout un foin ».

« C'est un jeu, disait-elle, un défi. Pour voir si on y arrive. Et quand ça marche, c'est chaque fois une victoire. Je me dis, ma vieille (j'ai presque quatre-vingts ans), tu es forte. Prendre sans se faire prendre suppose dextérité, rapidité et sens de l'observation. Surtout par les temps qui courent. Il est tellement plus difficile de piquer aujourd'hui qu'il y a trente ans ! La dernière fois que je me suis fait attraper, c'était vraiment bête. Au supermarché Casino. J'avais l'habitude de faire ça, peser mes carottes ou mes pommes de terre puis en rajouter trois ou quatre. On se pique au jeu, c'est le cas de le dire. Mais là quelqu'un m'a vue. Une cliente ! Les clients qui balancent, ne m'en parlez pas. À la caisse on m'a dit : "Madame, si vous permettez, nous allons repeser vos carottes." Et puis le tintouin habituel. Voulez-vous me suivre. Pourquoi vous faites ça ? Vous n'avez pas les moyens ? Vous vous faites soigner ? Je montre un papier du psychiatre. Bon si vous vous faites soigner, d'accord. Mais si ça se reproduit, on vous interdit de magasin… Quand je ressors je me dis : Merde, je suis nulle. Je culpabilise d'avoir raté mon coup. Et puis j'y retourne. Je fais gaffe, mais je recommence. Parce que là, c'est double risque, double stimulus, double excitation. Avec la pensée de me dire : ma vieille, de toute façon, tu ne risques pas grand-chose. Ils savent *déjà* que tu es malade. »

Valentine haussa les épaules. Trois carottes : petit bras. Pourquoi pas deux vis en vrac au Bazar de l'Hôtel de Ville ? Le b.a.-ba. À quoi donc pouvait ressembler cette Imhotep ? Chignon-blanc-tailleur-pied-de-poule ? Une spécialiste de l'Égypte ancienne, qu'elle connaissait ? Une prof en histoire de l'art à la Sorbonne ?

Elle surfa encore un peu au hasard. Les sites finissaient tous par recommander de consulter un psychiatre. Puis ils passaient à un autre sujet, les compléments alimentaires pour chiens, par exemple.

Elle allait éteindre son téléphone lorsqu'un article américain lui attira l'œil. « A Look at the Crazy Underground World of Shoplifting Fanatics on Tumblr ». Cette fois, ce qu'elle découvrit la stupéfia. Tout un monde parallèle, en effet. Sur ce site, Tumblr, des centaines de « shoplifters » s'exprimaient. Moins avancés en âge, lui semblait-il, que les Français qu'elle venait de lire, mais beaucoup plus en expérience. Toute une « communauté » de blogueurs, The Lifting Princess, Klept-hoe, Liftingcutie... échangeaient là, professionnellement, informations et recettes.

« C'est facile de voler du déo chez vs ? » demandait Liftingcutie en faisant allusion à la chaîne de magasins Victoria's Secret.

« J'ai jamais essayé mais j'ai pris un parfum donc à mon avis, pour le déo c'est encore plus simple ! » répondait smokyandthebandit. Elle recommandait The Body Shop pour s'approvisionner gratuitement en cosmétiques : « Un vrai buffet garni ! » « À propos, ajoutait The Lifting Princess, je viens de voir qu'on nous appelle les Tumblr Bling Ring, en clin d'œil au film de Sofia Coppola. Je suis plus que flattée. Je suis célèbre. Gratuitement. »

Valentine tomba même sur un « Shoplifting Guide ». « Dix tuyaux pour s'en mettre plein les poches pour pas un rond. » Avec une grille de lieux notés de 0 à 10 en fonction du risque !

1. Faites-vous la main dans les endroits les plus faciles – genre Armée du Salut – avant de monter en difficulté.
2. Ne soyez pas trop gourmand au départ.
3. Éviter les boutiques proches de chez vous où vous allez souvent. Si vous êtes pris vous ne pourrez plus y retourner. Il vous faudra alors faire des kilomètres pour faire vos achats quotidiens. Inutile de vous bousiller la vie !
4. Exercez-vous. Récupérez tous les ordis et portables de la maison. Empruntez ceux de vos potes et installez tout ça en mode vidéo aux quatre coins de votre chambre. Entrez dans la pièce avec un objet pour cible. Repérez les angles morts. Slalomez hors du champ des caméras. Voyez si vous réussissez à ne pas apparaître, à rester naturel.

Recommencez. Cet exercice est très utile pour maîtriser le stress et banaliser votre comportement.

5. Munissez-vous d'une bouteille d'eau. Dans le magasin, faites semblant de boire pour pouvoir lever la tête et repérer l'emplacement des caméras. Buvez à petite gorgée, mais pas trois heures quand même. Ne faites pas semblant de boire avec une bouteille vide !

Etc., etc. Suivaient des conseils pour démagnétiser les produits dans les grands magasins et des pages entières sur les antivols Tyco, les étiquettes interconnectées, les boîtiers, macarons, araignées, adhésifs à puce, et autres appareils de détection cellulaire de « nouvelle génération ». Valentine ne comprenait pas tout mais vit que cela allait vraiment loin. Jusqu'à la manière de se déguiser en faux livreur pour arriver avec des cartons vides et ressortir avec des pleins. Après quoi les « lifteurs » postaient des photos prises à l'iPhone de leurs trophées sur le Net. Une vraie compétition entre les membres de la « communauté ». Manifestement, la mise en scène était importante. Smokyandthebandit remarquait par exemple : « Faire une belle photo de ses prises est plus difficile que de les voler. » Ce à quoi liftliketheresnolp répondait : « C'est tellement vrai. La lumière dans le métro est vraiment moche, ça rend pas bien :-(»

Suivait enfin l'inventaire complet des objets volés, avec les prix. Boosterpackace (bio : « voleur, escroc, baby boy. Bi. 22 ») écrivait : « économisé : 5 000 ». Pareil pour liftliketheresnolp qui assurait avoir « économisé » 38 000 bucks depuis le début de sa « carrière ».

3 h 22. Valentine n'avait plus du tout sommeil. Elle avait chaud, se leva, alluma la lumière du plafonnier et s'approcha de la fenêtre. Une bonne goulée d'air de la nuit lui ferait du bien. Au moment d'ouvrir, cependant, il lui sembla apercevoir une ombre dans le jardin. Une ombre qui s'enfuyait derrière les orangers du Mexique. Était-ce possible ? Avait-elle rêvé une fois encore ? Devenait-elle paranoïaque depuis qu'on avait essayé de lui voler son sac ? Elle tendit l'oreille. Longuement. Mais ne perçut que l'obscurité du jardin.

Elle retourna à sa lecture. De plus en plus, cette plongée nocturne dans la cleptomanie « extrême » la mettait mal à l'aise. Le regard vide, elle contemplait maintenant les photos de profils remplacées par des animaux ridicules ou des émojis absurdes. Comme tout ça était « cheap », pensait-elle. Et pourquoi ce besoin irrépressible de tout étaler sur la Toile ? La revente des produits, le business qui en découlait. Même le côté « sport d'équipe » lui paraissait méprisable. Risible presque. Après avoir partagé sa méthode pour voler des fringues de créateurs, istoleandrewtori expliquait à sa « communauté » qu'il ou elle allait bientôt déménager et concluait son message par ces mots : « Je tiens vraiment à dire que tout le monde ici a été tellement sympa et accueillant avec moi [...] c'est génial de voir autant de gens avec les mêmes intérêts. Merci tout le monde, d'être là :) »

Pathétique. Valentine secouait la tête. Elle repensait à tout ce qui violait ou bafouait les principes de Maddy. Ceux de sa longue lignée de femmes aux doigts lestes. Se faire la main à l'Armée du Salut ! Et puis quoi encore ! Était-ce ce genre de déferlante qui nous attendait en Europe ? Elle eut soudain l'impression que cette clepto-industrie à l'américaine ridiculisait son petit artisanat à elle. Son élégante manie, ses prestidigitations à mains nues devenaient du taylorisme à grande échelle. Systématique. Vulgaire. Si tout le monde volait, où passait sa satisfaction à elle ? Sa joie de prendre des risques inconnus des autres ? Sa fierté de se sentir hors norme ? Différente ?

*

4 h 10. Toujours pas moyen de dormir. Elle descendit à la cuisine et mit la bouilloire à

chauffer. Inquiète, oppressée, elle tentait de rassembler ses idées. Elle se vit dans un miroir, le visage blafard, les traits tirés. Elle regarda sa main à vif et souleva le pansement de son genou. Se changer les idées, voilà ce dont elle avait besoin. Et si elle allait se détendre à La Havane ? Se remettre de tout ça. Respirer. Elle en profiterait pour regarnir ses stocks. Son client de Shanghai lui avait justement passé commande. Des toiles de Carlos Quintana et Roberto Diago. Roberto, elle adorait ce peintre et avait récemment acquis pour elle-même une œuvre toute blanche mais très matiérisée, intitulée *Paz en mi cabeza III*. Paix dans ma tête. Tout à fait ce qu'il lui fallait. Sa galeriste de Londres se plaignait elle aussi de n'avoir plus grand choix.

Elle appela Air France. Le numéro des Club 2000 (pour clients importants, ouvert toute la nuit), et mit une option sur un départ deux jours plus tard. Une lumineuse et bienfaisante parenthèse, voilà ce qui l'attendait. Enfin ! Dès le lendemain, elle ferait ce qu'elle s'était dit avec le portefeuille de David. Puis elle se ferait apporter sa Tumi, dont la seule vue lui procurerait une impression de vacances. Elle y placerait tout de suite son nouveau maillot de bain, son huile de bourrache pour la peau, ses lunettes de soleil. Cette perspective la réconciliait avec la vie. Elle remonta dans sa chambre, sa tasse de tilleul à la main. En se glissant dans son lit, elle pensa en souriant à cette phrase de Saint-John Perse qu'elle aimait tant: « S'en aller ! S'en aller ! Parole de vivant ! » Au petit matin, elle se rendormit.

*

Est-ce qu'elle s'était trompée de placard ? Non, pourtant. C'était bien là que Maria rangeait les bagages. Pourquoi la mallette noire ne s'y trouvait-elle pas ? Elle chercha dans un autre, puis un autre. Appela Maria qui assura l'avoir entreposée avec les valises et ignorait qui avait pu la déplacer. Madame ne l'aurait-elle pas laissée à la campagne ? Ne pouvait-elle pas en prendre une autre pour cette fois ? Et si elle voulait voyager léger, son sac en toile bleu ne pouvait-il faire l'affaire ?

Valentine était contrariée. Sa jolie petite valise vénitienne. Son obsidienne à roulettes. Où avait-elle pu passer ? Elle se mit à fouiller la maison. En vain. Exaspérée, elle s'apprêtait à renoncer quand elle se souvint qu'elle n'avait pas inspecté le dressing de PAB. Sa « roberie » comme il l'appelait, l'une des pièces où elle ne pénétrait jamais.

Là, elle ouvrit une à une les penderies profondes, écarta les costumes Saint Laurent et les cravates Hermès. Poussa les parfums d'intérieur, les pochettes de lavande, les chausse-pieds et les embauchoirs de bois blond. Et la vit soudain. La petite Tumi, debout, sage et solitaire, au fond du placard à chaussures. Appuyée sur le mur derrière une rangée de Berlutti bien brillantes qui montaient la garde.

Pourquoi PAB l'avait-il dissimulée là ? S'en emparant nerveusement, Valentine sentit qu'elle n'était pas vide, l'emporta dans sa chambre, l'ouvrit promptement et poussa un cri.

– Madame ? Maria venait d'accourir de la cuisine.

– Merci Maria, tout va bien. Je… Je l'ai retrouvée… Merci beaucoup.

La Tumi était bourrée de papiers. Des factures et des tickets de caisse qu'elle avait reconnus sans peine. Prada, Barneys, Max Mara, Harrod's, Anthropology…, tout y était. Les dates concordaient, elles aussi. Aucune erreur possible. Toutes ces preuves d'achat étaient bien celles des objets volés. I Bagagli di Venezia : même la facture de la Tumi était là !

Assise au bord du lit, hébétée, Valentine tâchait de mettre ses idées en ordre. Ainsi, quelqu'un réglait le montant de ses vols derrière elle. Quelqu'un la suivait et payait pour elle. Mais qui ? Pour le compte de qui ? Consternée, elle se fit couler un bain et pendant que la baignoire se remplissait et qu'elle voyait sans les voir les sels roses de l'Himalaya se dissoudre peu à peu, elle finit par se dire que ses soupçons étaient donc fondés. Pierre-Antoine savait. Qui d'autre que lui aurait pu mettre sur pied un tel dispositif ? Qui avait intérêt à le faire ? PAB savait et, comme une enfant sous tutelle, il la faisait suivre !

*

Sursaut de colère. De quel droit ? Comment se permettait-il ? La peur du scandale, ça ne pouvait être que ça. Frisson glacé dans son dos. Valentine ferma les robinets, renonça au bain et se glissa sous les draps tout habillée. La chaleur de la couette l'apaisa. Les minutes passèrent. Peu à peu, un sentiment plus doux monta en elle. Réfléchissons. PAB connaît mon secret, eh bien soit, se dit-elle. N'est-ce pas le signe qu'il est attentif à sa femme ? Après tout, il aurait pu passer à côté. Ne rien remarquer. Surtout, il aurait pu déclencher une crise. Lui faire la morale. À bien y songer, Valentine était touchée que PAB, ce parangon d'honnêteté, s'y prenne ainsi. Qu'il veille sur elle, discrètement. Qu'il la protège d'elle-même sans lui en parler. Ni la traiter comme une malade. Cela ne voulait-il pas dire à quel point il était délicat et attaché à elle ?

Elle repensa au film. Le pressentiment qu'elle avait eu ce soir-là. C'était bien ça. *Marnie* n'était pas un hasard. Pierre-Antoine avait choisi ce Hitchcock-là et tenu à ce qu'ils le voient ensemble pour lui faire passer un message. Lui dire qu'il était comme Sean Connery avec Tippi Hedren : s'il voulait la sauver, c'était parce qu'il l'avait comprise et qu'il l'aimait. Malgré ses fragilités. Ou à cause d'elles.

Attendrie, Valentine se laissa submerger par un sentiment peu connu. Gratitude ? Quelque chose comme ça. Une sensation enveloppante qui lui faisait baisser les armes. Elle s'enfonça dans les oreillers et, pour la première fois depuis longtemps, elle pleura.

*

Elle avait dû s'assoupir. La nuit avait été rude. Quand elle se réveilla, tout lui revint. Un plan de bataille lui apparut. Elle replacerait la valise où elle l'avait trouvée. N'en parlerait à personne. Et s'efforcerait de se ressaisir. Oui. Elle ferait ça pour Pierre-Antoine... Lui qui attachait tant de prix à l'honnêteté devait souffrir en silence de voir sa femme comme elle était. Elle se mettait à sa place. Avec son intégrité maladive, il aurait sûrement préféré qu'elle soit portée sur la bouteille. Ou sur le jeu. Comme tout ça devait lui peser ! Eh bien, elle ferait ça pour lui. Lui qui veillait sur elle. Qui la protégeait de ses démons. Elle se prendrait en main. Dès son retour de La Havane, elle se ferait soigner. Il serait fier de sa femme.

Elle repensait à Marnie. Il y avait une question qu'elle ne s'expliquait pas. Pourquoi Sean Connery, cet homme richissime qui pouvait avoir toutes les femmes qu'il désirait, avait-il justement choisi celle qui présentait des signes pathologiques ? Hitchcock lui-même avait-il résolu cette énigme ? Elle n'aurait su le dire. Mais finalement, peu importait. Connery ou PAB, c'était leur problème. Le problème des hommes. Le sien était de mettre sa bonne résolution à exécution.

– Il sait et je sais qu'il sait, pensait Valentine. Mais il ne sait pas que je sais qu'il sait.

Eh bien, c'était parfait ainsi. Elle n'aurait même pas besoin de lui en parler. Entre eux, cette petite valise servirait de trait d'union. Au fil des mois, de moins en moins de factures atterriraient dans la Tumi. Le détective – ou le type qui la suivait – n'aurait bientôt plus rien à faire. PAB en serait certainement étonné. En tout cas, il le remercierait. Sa fierté à elle en sortirait intacte. Et tout rentrerait dans l'ordre. En silence. Au fond, PAB et elle se protégeaient l'un l'autre. Sans même avoir à se le dire. N'était-ce pas ça un couple ?

*

Valentine ne connaissait pas de psychiatre. Demander aux ami(e)s ? Le type de la radio avait beau dire : il était moins facile de parler de sa cleptomanie que de sa jambe cassée. Si elle l'avait fait avec David, c'était contrainte et forcée. Elle ne voyait donc pas d'autre piste que celle d'Internet où elle finit pas trouver les coordonnées d'une spécialiste qui donnait son mail pour un premier contact. Service d'addictologie et de psychiatrie de liaison du CHU de Nantes. Nantes lui plaisait. L'idée de se confier à quelqu'un hors de Paris la rassurait. C'est ainsi qu'elle entra en contact par mail avec une certaine Marie Goasguen, avec laquelle elle correspondit plusieurs fois.

De : vdelestrange<vdelestrange@gmail.com>
Envoyé : lundi 10 juillet 2017 20:41
À : GOASGUEN Marie
Objet : Cleptomanie

Madame,

Merci d'avoir accepté de répondre par mail aux questions que je me pose. Elles vont vous faire sourire tellement elles sont simples. Naïves même. En gros je voudrais savoir :

1. Comment on explique la cleptomanie d'un point de vue psychiatrique. La cleptomanie pour les nuls quoi…

2. Quels mécanismes cela met en jeu dans le cerveau et la psyché. D'un point de vue chimique, biologique et aussi du point de vue de l'histoire de l'individu.

3. Est-ce qu'il peut y avoir une composante héréditaire dans la cleptomanie ?

4. Pourquoi plus de femmes que d'hommes ?

5. Enfin, est-ce que ça se soigne et comment ? Y a-t-il des endroits, en France ou dans le

monde, où l'on prend en charge cette pathologie de façon spécifique ?

Merci d'avance de m'accorder un peu de votre précieux temps !

Valentine de Lestrange.

Deux jours plus tard, elle recevait cette réponse.

De : GOASGUEN Marie
Envoyé : mercredi 12 juillet 2017 17 : 21
À : vdelestrange<vdelestrange@gmail.com>
Objet : RE Cleptomanie

Chère Madame

Pas du tout. Vos questions ne me font pas rire. Bien au contraire. Voici mes réponses ci-dessous. J'espère qu'elles vous aideront et seront compréhensibles. N'hésitez pas à me recontacter.

1. *La cleptomanie est considérée par certains comme un trouble du contrôle des impulsions. Par d'autres comme un trouble obsessionnel compulsif, un TOC, si vous préférez. Ce qui amène ces derniers à l'envisager comme un trouble addictif. Tout cela pour vous dire finalement qu'on ne sait très bien ni l'expliquer ni le classer. Pourquoi de telles hésitations à le classer ? Parce qu'il y a en réalité peu de travaux sur ce trouble*

et qu'ils portent sur de petits effectifs de patients. La cleptomanie se caractérise à la fois par une impulsivité importante (tendance à agir de façon imprévisible, irréfléchie, sans tenir compte des conséquences négatives du passage à l'acte) et par une compulsivité importante (tendance à agir de façon stéréotypée, en réponse à des pensées obsédantes, souvent après avoir lutté longtemps pour éviter le passage à l'acte, entraînant une tension psychique importante, et dans le but de soulager les obsessions).

L'avantage de considérer la cleptomanie comme un trouble addictif est que l'on peut concilier ces deux dimensions (impulsivité/compulsivité) en apparence opposées, mais qui peuvent coexister chez un même individu à différents moments.

Cliniquement, on pourra observer que le comportement addictif permet soit d'apporter du plaisir (excitation, montée d'adrénaline, etc.), soit de soulager un inconfort interne (émotions négatives telles que tristesse, anxiété, culpabilité, etc.). L'individu le répète pour ces raisons, perdant progressivement le contrôle sur son comportement, avec la persistance des passages à l'acte malgré la survenue des conséquences négatives. Il s'agit là de caractéristiques communes à toutes les addictions.

Dans le cas spécifique de la cleptomanie, le comportement est défini par des vols d'objets qui ne sont pas dérobés pour un usage personnel ni pour leur valeur commerciale. Le cleptomane (ou plutôt la, car il s'agit plus souvent de femmes) rapporte ne pas réussir à résister à son impulsion, ressentir une sensation croissante de tension juste avant le vol, qui est suivi par un plaisir, une gratification ou un soulagement après le passage à l'acte.

Les sentiments ressentis ensuite sont de l'ordre des regrets, de la culpabilité, des remords, de la honte, de la dépression. Ladite dépression pouvant conduire en boucle à un nouveau passage à l'acte. Quant à la valeur de l'objet volé, elle est corrélée à l'excitation du passage à l'acte pour certains. Mais pour d'autres, elle augmente au fil du temps, suggérant un phénomène de tolérance (besoin d'augmenter la quantité consommée de substances, par exemple, pour obtenir le même effet).

Et les causes ? me demandez-vous. Comme pour les autres troubles addictifs, il n'existe pas une seule cause à la cleptomanie. On considère plutôt qu'elle résulte d'une interaction de facteurs de risque et de vulnérabilité (comme par exemple des traits de personnalité marqués par un haut niveau d'impulsivité, de recherche de sensations ou de nouveauté, un bas niveau d'évitement du danger, une intolérance à l'ennui, un manque de confiance en soi, un sentiment d'infériorité, des difficultés à résoudre les problèmes... Sans compter les événements de vie négatifs tels que traumatismes, deuil, abandon, séparation. Des troubles neurocognitifs de type déficit des capacités d'autocontrôle, incapacité à différer la récompense, difficultés à prendre des décisions. Des comorbidités psychiatriques et addictives. Une société hédoniste et matérialiste prônant des valeurs individualistes exigeant de satisfaire chaque besoin immédiatement. Etc.

Parmi les causes, il peut aussi y avoir la prise de certains médicaments. Ceux qui agissent sur les récepteurs dopaminergiques du système nerveux central, prescrits dans le cadre de la maladie de Parkinson notamment, mais aussi dans celui des jambes sans repos. Ces médicaments viennent surstimuler le système de récompense qui vise à associer une sensation agréable à des fonctions essentielles à la survie de l'espèce (comme s'alimenter, se reproduire…). Dans les troubles addictifs, il y a surstimulation de ce système, qui implique la dopamine. Mais d'autres neurotransmetteurs pourraient être impliqués comme la sérotonine.

Valentine fit une pause. Alluma la bouilloire. Sortit une tasse. Et se remit à lire.

2. *Les rares études sur les caractéristiques des sujets cleptomanes retrouvent une association avec d'autres troubles addictifs (troubles liés à*

l'usage de substances, achats compulsifs, troubles du comportement alimentaire comme la boulimie) ainsi que des troubles dépressifs.

En référence aux théories comportementales, on retient que le comportement de vol est « appris » et se répète car il est renforcé (renforcement positif, il entraîne du plaisir ; renforcement négatif, il entraîne la disparition des émotions négatives).

En référence aux théories cognitives, on peut penser que le cleptomane a des cognitions erronées, des croyances anticipatoires (« Je me sentirai moins triste si je vole ce sac »), croyances soulageantes (« Voler ce sac me fera du bien ») ou croyances permissives (« C'est la dernière fois, je vole ce sac et je pars »).

En référence aux théories psychanalytiques, on peut faire l'hypothèse que l'objet choisi inconsciemment est symbolique d'un vide ou d'un manque. L'intensité de l'excitation éprouvée lors des vols permettrait à l'individu cleptomane de se défendre contre des affects d'ordre dépressif.

On peut aussi citer l'hypothèse de l'ordalie : « La prise de risque peut, à certains moments et chez certains sujets, être activement recherchée, à travers un vécu d'épreuves, voire de mort et de résurrection. La dimension transgressive est ici centrale, si l'on admet que la transgression est aussi recherche de sens et de légitimation de la Loi. » (M. Valleur).

3. *Pour ce qui est d'une composante héréditaire, de rares travaux suggèrent une vulnérabilité génétique, puisqu'on retrouve chez les apparentés du premier degré plus de troubles psychiatriques et addictifs, et de cleptomanie.*

4. *Il y a plus de femmes cleptomanes que d'hommes, comme il y a plus d'acheteuses compulsives que d'hommes, sans doute parce que la possession de biens matériels, de vêtements, bijoux, etc. les rassurent sur leur valeur (pour les hommes, ce sera un autre « objet de réassurance », comme le sexe...). Question d'estime de soi et du rôle social qu'on assigne aux femmes. Je me demande néanmoins si le sex-ratio très en faveur des femmes reste d'actualité depuis que les femmes ont acquis une certaine autonomie financière et dépendent moins de leur mari ?*

5. *Enfin, est-ce que ça se soigne et comment ?* Oui, ce trouble peut se soigner pour peu que le sujet qui en souffre demande de l'aide. Or c'est un trouble qui entraîne de la honte et qui contrevient à la loi. Pas facile dans ces conditions d'en parler à un professionnel de santé et d'être correctement orienté. Il n'existe pas de recommandations officielles. Le traitement repose sur les modalités classiques proposées aux sujets addicts : psychothérapie individuelle (en particulier comportementale et cognitive pour supprimer le comportement-problème et les cognitions erronées, et psychanalytiques pour comprendre

le sens de ce trouble) ; groupe d'autosupport avec la participation de patients-experts, rétablis, qui viennent témoigner de leur parcours. À ma connaissance, il n'existe pas en France de centre spécialisé et identifié comme tel dans la cleptomanie. Ni de groupes de « cleptomanes anonymes ». Mais à l'étranger, oui. On trouve quelques équipes spécialisées, au Japon et aux États-Unis.

Eh bien voilà. Valentine y voyait plus clair. Elle remercia cette femme et lui demanda encore les coordonnées d'un des centres américains. Une clinique dans le Michigan dont elle alla voir la description sur Internet. C'était à Detroit. The Schulman Center. On n'y soignait pas seulement les cleptomanes mais tous les patients qui s'étaient rendus coupables de vols obsessifs ou compulsifs. Ce que les Américains appelaient « addictive compulsive stealing », « overspending », « shopaholics », « hoarding » ou encore « employee theft ». Bref, tous ces gens qui entretenaient un rapport pathologique avec l'argent ou les objets. Ou avec la vie en général. La même publicité disait qu'ils étaient dix pour cent de la population américaine.

– Dix pour cent ? se demanda Valentine.

Ça lui parut énorme. Des millions et des millions de personnes. La page d'accueil parlait de « compréhension », de « compassion », de

« guérison ». Et interrogeait : « How much would you have to steal to finally feel satisfied or to make life fair ? »

– *I can get noooo... satisfaction...* Valentine se surprit à chantonner. Elle laissa un message à cette clinique Schulman.

*

Cela n'avait pas traîné. Le centre avait répondu en lui recommandant de venir se faire soigner à Detroit, « le meilleur endroit au monde pour ce genre de pathologie ». Il la mettait en contact avec un certain Dr Karoui. John Karoui, qui, justement, se trouvait à Paris pour un congrès. Heureuse coïncidence. Au cas où elle voudrait faire connaissance, il se ferait un plaisir de lui expliquer la philosophie du centre, ses méthodes de travail, et bien sûr ses résultats.

Valentine prit rendez-vous le soir même. Au bar de l'hôtel Raphaël. C'était là que ce Karoui était descendu. Un grand brun longiligne. Regard vif, pétillant. Tout de suite, il lui parut intelligent, chaleureux, blagueur. Tout de suite, il lui plut.

Il pensait qu'avant toute chose, elle devait comprendre. Comprendre comment ça marchait

« là-haut », dit-il en faisant un petit geste en direction de sa boîte crânienne sous sa chevelure rousse.

– Allons bon, se dit-elle. Voilà qu'il va me faire un cours. Mais elle n'avait pas le choix.

– Ce qu'il faut que vous compreniez bien, disait Karoui, c'est que l'addiction n'est pas autre chose qu'un problème de compulsion.

Il s'était lancé dans une leçon d'anatomie. Karoui, Karoui..., est-ce que c'était un nom libanais ? Elle avait connu un Karoui. À moins que ce ne soit un El Karoui. Mais elle devait s'appliquer à l'écouter.

– Ce qu'il faut que vous compreniez, répéta-t-il, c'est qu'il existe une structure dans le cerveau appelée le striatum. Et ce striatum est divisé en trois parties. La première s'appelle le noyau accumbens, qui est le centre de la récompense. Mais il y a aussi – et peut-être surtout, dans votre cas –, deux zones importantes en jeu qui sont le caudé et le putamen.

Bien sûr, pensa Valentine. Le noyau. Notre fameux, notre obscur noyau du désir. En revanche, elle n'avait jamais entendu parler des deux autres zones et ouvrit des yeux ronds comme pour demander des sous-titres.

– C'est très simple poursuivit Karoui. Je vais vous donner un exemple. Mais avant, retenez que le caudé régule ce qu'on appelle les « actions dirigées vers un but » (en anglais GDB, Goal

Directed Behaviors). Et le putamen, les habitudes, les automatismes, les compulsions.

Putamen. Quel drôle de nom, songea Valentine.

– Alors voilà comment ça marche, poursuivit le Dr Karoui. Repartons des origines. Un homme marche dans la forêt et trouve une rivière particulièrement poissonneuse. Un saumon ! C'est son cerveau de la récompense qui réagit d'abord. Mais comme ce poisson est important pour sa survie, il faut qu'il puisse reproduire l'expérience. Qu'il sache où était cette rivière et comment y retourner. C'est pourquoi, vous comprenez, la nature a mis ensemble dans la même région du cerveau la survie et l'habitude. Vous me suivez ?

Valentine fit oui de la tête. Karoui poursuivait déjà.

– À ce stade, l'homme est super attentif à ce qui l'entoure. Super attentif à tout ce qu'il fait. C'est une action dirigée vers un but : il utilise alors le caudé.

– D'accord.

– Mais ensuite, ça devient une habitude, c'est-à-dire un comportement plus ou moins automatique. Vous voyez ? Comme quand on apprend à conduire. Au début, c'est difficile et puis on bascule dans l'habitude…

– Oui, dit Valentine en repensant au stage de récupération des points, au motard philosophe, à la vitesse. Mais… la compulsion ?

– Attendez, dit Karoui avec un hochement de tête qui semblait vouloir signifier : ne soyez pas si impatiente.

– Soulignons d'abord qu'il est nécessaire d'avoir des automatismes. L'homme qui va à la rivière s'y rend maintenant de plus en plus souvent – c'est devenu « son coin ». Il a une canne à pêche sur l'épaule mais il est « ailleurs ». Il pense à ce qu'il va manger le soir. Il libère de la capacité d'attention et de concentration, voyez-vous ? C'est ce qu'on appelle un avantage évolutif.

Valentine « voyait » et hocha la tête sans l'interrompre cette fois.

– Le problème, c'est quand cet automatisme devient trop fort.

Nous y voilà, pensa-t-elle en se redressant sur son siège.

*

– Au fait ? Vous buvez quelque chose ?

Planté à côté d'eux, le serveur du Raphaël les fixait avec des yeux de poisson.

– Euh… un Perrier avec du citron… attendez, non, donnez-moi plutôt un verre de bordeaux rouge. Qu'est-ce que vous avez ? Voilà…, très bien.

– Je prendrai la même chose que madame.

Karoui se redressa à son tour. Il réfléchissait avant d'attaquer le vif du sujet. Le fameux putamen. On aurait dit un grimpeur examinant les prises au pied d'un mur d'escalade.

– Alors, vous vous souvenez, dit-il. Ce circuit que je vous ai décrit. Récompense, action dirigée vers un but pour obtenir la récompense, action habituelle, habitude, automatisme…

Le serveur disposa les verres et posa les zakouskis sur la table.

– On en était au moment où cet automatisme devient trop fort. Si fort qu'il bascule dans la compulsion. C'est là que se situe le problème. Tant que c'est une habitude, c'est bon. Tant que c'est un automatisme, c'est à peu près correct. C'est quand ça devient compulsif que ça déconne.

Karoui se détendait manifestement dans sa manière d'expliquer les choses. Il avait maintenant croisé ses longues jambes l'une sur l'autre et, confortablement installé dans son fauteuil de velours, lui sourit avant de croquer dans une olive noire.

– Et qu'est-ce qui se passe alors ?

– Ce putamen dont je vous parlais… À ce moment-là, c'est lui qui a pris le pouvoir dans votre cerveau. En gros, ce qu'il vous répète sans cesse, c'est : refais-le, refais-le, refais-le…

Valentine tentait de se figurer la scène. L'image qui lui vint fut celle d'un cheval furieux et emballé. Avec sur son dos, cette « pute pas très amène » qui le cravachait en hurlant.

Karoui continuait :

– Ça peut être la drogue, le flash d'héroïne qui fait qu'on se sent bien, le poker, la musique, le travail, le sexe. La nourriture, bien sûr : la boulimie ou l'anorexie procèdent de cette même logique. Tenez, à McGill, au Canada, des chercheurs talentueux ont montré que ce mécanisme se modélisait très bien sur l'animal. Chez les poissons, les oiseaux, les rats, la structure noyau accumbens-caudé-putamen est la même que chez l'homme. Dans cette grosse structure, vous avez des neurones qui passent et qui font leur boulot de neurones, c'est-à-dire qu'ils envoient de l'information. Et cette information est régulée par deux sources, la dopamine et l'acétylcholine.

Karoui posa sur elle ses yeux bruns et pétillants. Il avait de longs cils et des dents très blanches.

– S'il vous plaît, arrêtez-moi si je vous ennuie, dit-il.

– Pas du tout. Et qu'ont fait ces chercheurs ?

– Ils ont pris des souris qu'ils ont privées d'un gène. Le gène qui contrôle la neurotransmission de l'acétylcholine justement.

Valentine commençait à ouvrir de grands yeux. Elle se rappelait maintenant ce type qu'elle avait entendu à la radio et qui expliquait avoir trouvé le gène de la toxicomanie.

– Bon, je ne rentre pas dans les détails, ce serait trop compliqué, continuait Karoui. En gros, c'est un gène dont on suppose qu'il joue un rôle important dans ce type de structure. S'ils remettaient alors les souris en cage, elles avaient l'air normal. Mais s'ils manipulaient en plus leur environnement, par exemple s'ils les soumettaient à un stress en les privant de nourriture, puis en les mettant dans une cage avec beaucoup de nourriture au contraire, eh bien ces souris faisaient du « binge eating ».

– C'est-à-dire qu'elles devenaient boulimiques ?

– Exactement. Ils les privent de nourriture pendant une nuit puis le matin, dans la cage, ils leur donnent accès à trois choses : leur nourriture, de l'eau et de l'eau très sucrée. Ce qu'ils constatent, c'est que ces souris mutantes (c'est-à-dire privée du gène en question) se jettent sur l'eau sucrée. C'est fou la quantité de sucrose qu'elles peuvent alors engloutir. Mais si on les prend et qu'on leur injecte du sucrose dans le ventre, c'est pareil, elles continuent à manger. Ce qui veut bien dire que ce n'est pas un besoin métabolique. C'est du « binge eating ».

– Ce qui veut dire qu'on a trouvé le...

– Ce qui veut dire que ces chercheurs ont trouvé un gène qui, lorsqu'il n'est pas là ou qu'il dysfonctionne, conduit l'individu à développer des habitudes beaucoup trop facilement. Et qu'à un moment, cette habitude deviendra compulsion. Attention cependant, ce gène seul ne suffit pas. N'oubliez pas qu'il faut les stresser aussi, ces souris. C'est ce qu'on appelle l'interaction gène/environnement.

– Mais si on en revient à la cleptomanie ?

– Une compulsion dont le mécanisme n'est sans doute pas très éloigné de celui-ci. C'est en tout cas ce que pensent ces chercheurs. Les obsessions alimentaires, la drogue, le sexe, Strauss-Kahn…, comme je vous le disais, c'est votre putamen qui vous dis : refais-le, refais-le, refais-le… Même un trauma, un souvenir envahissant peut fonctionner comme ça. Votre putamen vous dit : repenses-y, repenses-y, repenses-y… La « récompense » n'est pas forcément une chose positive. Ce qui caractérise ces actions compulsives, c'est qu'elles sont déconnectées de la contingence. On peut les faire et les refaire même si elles sont négatives pour soi. Indépendamment des conséquences.

Valentine ne savait pas quoi dire.

– Alors, vous voyez, tout ce débat sur le libre arbitre… Pour les scientifiques, il n'y a rien d'autre là qu'un mécanisme neuronal. Vous avez cette mini structure pas plus grosse que ça – il montra la taille de son pouce – et c'est elle qui va prendre le contrôle de votre vie. Fascinant, non ?

*

Valentine sortit pensive du rendez-vous. Qu'un morceau de sa propre chair, un truc au nom affreux et « pas plus grand que ça » ait pris le pouvoir « là-haut », comme disait Karoui, la laissait perplexe. Qu'allait-il sortir de cette bataille entre elle-même et son putamen fou ? Rentrée chez elle, elle trouva Maria qui lui signala qu'un type d'EDF était passé en son absence.

– Ah bon… À cette heure-ci ? On avait reçu un avis de passage ?

Maria ne se souvenait pas. Valentine non plus. Mais ça arrivait, elle avait tendance à oublier ces temps-ci. Cette aire-là de son cerveau devait s'assoupir tandis que dans le striatum, ce p… de putamen était complètement surexcité. Elle monta dans sa chambre. Vérifia l'heure de son avion pour La Havane. Parfait. Elle aurait le temps d'aller jeter le portefeuille comme elle se l'était dit. Elle le saisit à nouveau mais, cette fois, fut intriguée par une petite boursouflure dans un repli intérieur du cuir. Une pochette à fermeture éclair si discrète qu'elle ne l'avait pas remarquée la veille. Avec un peu de mal, Valentine introduisit son index droit sous le cuir souple, fit méticuleusement le tour de cet espace plat et en sortit un petit objet en plastique noir qui y avait été poussé tout au fond. Ultra plat lui aussi. Rectangulaire et s'ouvrant en deux. Une clé USB.

*

64GB. Made in China. Elle l'observait sous tous les angles. Poule devant couteau. Non c'était exagéré. Elle n'aimait pas la technologie mais ça, une clé USB, ça devait tout même être dans ses cordes. Elle cherchait sur le côté de son vieux Mac. Où fallait-il l'introduire déjà ? Ah... voilà.

*

Deux dossiers, l'un intitulé VdeL et l'autre PAB. Interloquée, elle cliqua sur le premier. Il contenait plusieurs fichiers dont un émanant de Pierre-Antoine, décrivant à David la cleptomanie de Valentine et lui demandant, « pour éviter tout scandale éventuel », d'organiser sa surveillance. Un ordre de mission en quelque sorte. Une note qui devait dater du moment où il avait été nommé ministre. Il y avait aussi plusieurs factures de détective privé dont la plus ancienne remontait à la même période. Et un ticket de caisse scanné d'un manteau de castor – ce fameux manteau qu'elle avait réussi de façon un peu acrobatique à faire sortir d'une petite échoppe de designers londoniens, juste quelques mois plus tôt.

Quant au deuxième dossier, il ne se présentait pas exactement de la même façon. C'était un enregistrement audio. Valentine se souvint d'avoir vu une publicité pour ces clés USB avec micro espion. Aucune installation, ni câbles, ni piles. Il suffisait d'appuyer sur un bouton et l'enregistrement commençait, expliquait la réclame. « Avec son air innocent de clé USB, personne ne se doutera que vous enregistrez la conversation. Lorsque vous avez terminé, insérez-la simplement dans votre ordinateur pour écouter instantanément ce qui a été enregistré. C'est facile comme bonjour… »

Facile comme bonjour. Lorsqu'elle ouvrit le fichier PAB, c'est bien la voix de Pierre-Antoine qu'elle reconnut. Pas très nette au départ mais, pas d'erreur, c'était bien lui.

– C'était passé entre les mailles du filet ? T'es sûr que ton type est fiable ?

– Cent pour cent. Mais tu sais… Il n'a pas dû se méfier à la pompe. D'habitude, elle ne pique pas d'essence, si ?

Stupéfaction. La deuxième voix ressemblait à celle de David. Elle comprit tout de suite qu'il était question du détective. C'est vrai qu'il avait raté son coup à la station-service, sinon elle n'aurait pas été convoquée par la police. PAB était tendu, cela s'entendait dans ses intonations.

– Je ne sais pas… pas que je sache…, disait-il. Mais tu sais comme moi qu'elle est incontrôlable !

– T'inquiète, en tout cas. J'irai avec elle à cette convocation. Ce truc va se régler. C'est sûrement rien du tout, d'ailleurs, ça ne peut être que l'essence puisque c'est le seul endroit où il n'a pas fait gaffe. Valentine m'enverra le chèque. Tout ça passera par le cabinet. Aucune trace.

Maintenant elle en était certaine. La deuxième voix était bien celle de David.

– J'espère, parce que c'est quand même pour ça que j'ai embauché ton type. La moindre fuite dans la presse et c'est mon image qui…

– T'inquiète, je te dis…

– Et le reste ? reprit Pierre-Antoine. C'est surtout pour ça qu'on se voit, non ?

– Sous contrôle, mon vieux, tout est sous contrôle.

– C'est-à-dire ?

– Tout ce qu'on s'était dit. Comme on se l'était dit. Il y a au moins trois filtres avant d'arriver jusqu'à toi. Personne ne remontera ça. Not to worry. Et comme je te disais, Man est un endroit très sûr. Tu connais la blague ? « Sur l'île de Man, on fait tout, on lave, on rince et on sèche. »

Pâle et pétrifiée, Valentine respirait difficilement. Comme si le poing qui l'avait frappée en pleine poitrine continuait d'appuyer au milieu du plexus.

Pierre-Antoine ne rit pas. Son ton était dur.

– T'as confiance en ce mec, ce coup-là ? Parce que là, on ne parle plus de trente balles d'essence !

– Ce chargé d'affaires ? On se connaît depuis toujours… Deux mille pour cent, j'te dis.

– Il a fermé l'autre compte ?

– Vidé. Fermé. Liquidé... Ni vu ni connu. Tu peux disposer du grisbi quand tu veux. Il suffit de le prévenir. C'est bien ce que tu voulais, non ?

– Il a viré l'intégralité ?

– Les six millions.

Alerte rouge dans la tête de Valentine. Sa main gauche approcha de la clé USB. Puis s'immobilisa. Elle tremblait de plus en plus fort. Elle venait d'entrer dans la dernière chambre de Barbe-Bleue.

PAB continuait :

– Pareil pour Bonny and Clyde ?

– Oui.

– Parce que tu sais, maintenant que je suis ministre, ça me ferait vraiment chier de... Enfin tu vois, je ne tiens pas du tout à ce qu'il y ait la moindre ambiguïté.

– Sans dec' ! Et chargé du nouveau grand plan de lutte contre la fraude fiscale par-dessus le marché ! Ah ah... Tu crois que tout ça m'avait échappé ? David eut un petit ricanement amusé. Au fait, félicitations !

Il y eut des rires secs de part et d'autre.

– Pour en revenir à Valentine...

– Oui, oui, je sais ce que tu vas me dire. T'as raison, mon vieux... Cette pauvre Valentine est vraiment à l'ouest. Elle a toujours été excentrique, mais ça ne s'arrange pas avec l'âge.

– Tout de même, tu es dur avec elle.

– Dur ?

– Valentine est une artiste…

– Pfffff… Une sculptrice ratée. Qui se console avec l'art des autres.

– Et si elle avait sacrifié sa vie d'artiste pour toi ? Souviens-toi, au début, elle t'a pas mal aidé, non ?

– Écoute, aujourd'hui, pour moi, c'est clair. Il faut que je songe à divorcer. Prendre le taureau par les cornes. En finir. Le problème c'est que je n'ai jamais le temps, tu comprends…

– Ce qui s'appelle un emploi du temps de ministre.

David émit un ricanement à peine perceptible. PAB continua comme s'il réfléchissait à haute voix :

– … en même temps, j'ai un alibi en or. Elle sait que je suis très pris. Et comme c'est une solitaire, elle ne me le reproche pas. Elle n'a jamais été sur mon dos, c'est déjà ça.

– Tu vois toujours… comment s'appelle-t-elle… euh… ta jolie russe ?

– Eh, eh…, Tatiana.

PAB avait dit ça avec un petit claquement obscène de la langue.

Valentine arracha la clé USB. Son poing heurta le bureau. ASSEZ.

*

À un moment, elle crut qu'elle allait s'évanouir. Mais la rage l'en empêcha. Elle montait par bourrasques. L'agrippait à la gorge. Elle vit une tignasse blonde décolorée entre les cuisses de PAB. Entendit la bande-son qui allait avec. Depuis combien de temps s'envoyait-il en l'air avec cette pétasse russe ? Et comment ne s'était-elle doutée de rien ? Pendant toutes ces années. Elle n'avait rien perçu, rien senti. Elle lui faisait confiance. Il travaillait tellement... C'était donc ça leur couple ? Elle qui, la veille encore, pensait qu'ils se protégeaient l'un l'autre. Avec quel mépris il avait parlé d'elle ! À l'ouest ! Une folle. Un rebut dont il devait songer à se défaire. C'était ça qu'il avait dit ? Les mots moins que le ton l'avaient frappée. Comme s'il avait expliqué : « Je sais, j'ai prévu d'aller à la déchetterie, mais je n'ai jamais le temps de le faire. »

L'homme avec lequel elle avait vécu si longtemps contenait en lui cet autre homme qu'elle ne connaissait pas. Comme une poupée russe en dissimule une autre. Et cet Autre dont elle n'avait jamais deviné l'existence, jamais suspecté la moindre trace, était ce PAB malhonnête, cynique et dur qui voyait sa femme comme une ratée. À l'ouest. Ce PAB-là, elle ne l'avait jamais vu, mais elle venait de l'écouter. Valentine se dit que ce qu'on ne veut pas comprendre, des autres ou de soi-même, finit toujours par se faire entendre.

De l'oxygène. Elle inspira longuement à la fenêtre. L'air était pollué, mais le diagnostic limpide. Elle qui pensait vivre avec un modèle d'intégrité depuis tant d'années découvrait que son mari, Pierre-Antoine Berg, l'époux aimant, le très vertueux ministre des Finances qui traquait la fraude fiscale et faisait la leçon à tout le monde, avait lui-même des comptes offshore bien garnis et soigneusement planqués. Un magot dont il pensait profiter avec sa Russe ? Ou une autre ? Et ça n'était sans doute que la partie visible de cette inquiétante montagne de glace – Ice-Berg, voilà un nom qui lui allait bien. Et maintenant ? Qu'y avait-il encore sous le niveau de la mer ? Qui étaient Bonny et Clyde ? Des noms de code pour d'autres ministres du gouvernement ? Avait-elle mis le doigt sur un réseau de grande ampleur ? Au sommet de l'État ? Plus haut ?

Ses pensées s'effilochaient. Des mots s'allumaient puis s'éteignaient dans son cerveau. Comme des inscriptions au néon : Argent sale... Montages foireux... Pots-de-vin... Détournements... Drogue... Tant d'hypothèses étaient plausibles. PAB était-il addict au jeu ? À autre chose ? Pourquoi avait-il besoin de tant d'argent ? Tout devenait envisageable, elle se sentait perdue. Se répétait ces mots usés qu'elle pensait réservés aux mauvaises pièces de théâtre. Trompée, bafouée, trahie. L'avait-il jamais aimée ?

– Ma pauvre Valentine, tu n'es qu'un dommage collatéral, se dit-elle.

Elle revoyait les grands titres de la presse lorsque PAB avait été nommé. Le banquier exceptionnel qui allait redresser les comptes de la nation. L'homme en qui on pouvait enfin avoir confiance. Il s'était bien foutu de la gueule du monde. Dire qu'elle était tombée dans le panneau. Elle l'avait tant admiré. Comme tout le monde, elle avait été dupe. Ou voulu l'être. L'espoir aussi, ça s'extorquait.

Quant à David... son vieil ami ! Le grand fiscaliste, l'avocat international, l'homme très occupé lui aussi, qui avait distrait de son précieux temps pour s'occuper d'elle et la sauver des griffes de la police ! Tu parles. Cet enfoiré avait bien caché son jeu. Elle le revoyait au cabinet, tandis qu'elle lui « avouait ». Lui ne cillant pas, ne jugeant pas. Demandant du ton le plus neutre possible :

– PAB est au courant ? Sache en tout cas que rien ne sortira d'ici.

Il avait dû bien rigoler. Certes, dans l'enregistrement, il avait risqué un mot ou deux en sa faveur, mais le moins qu'on puisse dire, c'est qu'il n'était pas allé loin. Lâche. Champion du monde de la duplicité. Elle aurait voulu voir ses honoraires, tiens. Ce type de blanchiment vers Man était-il sa véritable spécialité ? Ce qui était drôle, c'était que tout cela émerge comme ça. Presque par inadvertance. Grâce à une petite clé volée par erreur. Du moins en violation de ses propres « principes » à elle, Valentine. Si elle n'avait pas piqué ce portefeuille. Si elle avait réglé ces trente balles d'essence… Peut-être qu'on n'aurait jamais rien su ?

Tout s'éclairait en tout cas. Le type en moto. Le sac à main qu'il fallait à toute force lui arracher. Elle imaginait la scène. David s'apercevant de la disparition. Ne pouvant pas ne pas la soupçonner, appelant un de ses sbires, le détective ou un autre, et, pris de panique, hurlant au téléphone : « Rattrapez-la, bon Dieu, elle ne doit pas être loin… »

Et puis ce type casqué fonçant sur elle, plein gaz, dans l'avenue du Président-Wilson. Il aurait pu lui briser un fémur. Ou pire. C'était peut-être ce qu'ils cherchaient ? Quant à l'ombre la nuit précédente, derrière les buissons, le faux releveur d'EDF… Le même connard ? Évidemment.

Ses pensées avaient beau être chaotiques, elles la ramenaient toujours à PAB. Il l'avait fait suivre par cynisme. Pour se protéger lui. Sans la moindre pensée pour elle. Peut-être avait-il même intérêt à ce qu'elle continue son activité de cleptomane ? Qui sait ? Pour la savoir absorbée ailleurs pendant qu'il baisait sa Russe ? Se sentait-il moins seul dans l'illégalité ? Est-ce que cela le déculpabilisait ? Valentine avait toujours été frappée par ces amants qui disaient souhaiter que leurs épouses les trompent quand ils étaient eux-mêmes affairés avec leurs maîtresses.

– Et ta femme, tu crois qu'elle a quelqu'un ?

– Oh ça, c'est ce que je pourrais lui souhaiter de mieux, disaient-ils toujours.

Ça avait l'air de dire : pourquoi pas elle si je me l'autorise. En réalité, ça n'avait rien d'un souci d'équité. Ils ne voulaient pas se sentir seuls coupables. Si un équilibre était rétabli, c'était mieux comme ça.

Pourquoi pensait-elle à ça maintenant ? Juste maintenant ? Elle n'aurait su le dire. D'autant que ce n'était pas le pire. Le pire – elle y revenait toujours – avait été sa naïveté. Croire que PAB était son ange gardien. Qu'il veillait sur elle. Pour la protéger d'elle-même. Pour qu'elle ne sorte pas complètement des rails. Parce qu'il était ému par ses fragilités. Et même, comme dans *Marnie*, parce qu'il l'aimait !

Oui, c'était ça le pire : jamais il n'avait eu la moindre intention de veiller sur elle, se répétait-elle en boucle. Ce qui comptait, comme toujours, c'était lui. Qu'on ne remonte pas à lui.

Que rien n'attire l'attention sur lui. LUI, LUI et LUI.

– Quelle imbécile, marmonna-t-elle d'une voix sourde. Me laisser attendrir à ce point. J'étais dans ma bulle et il m'y maintenait, pour endormir ma vigilance.

Désormais, tout lui apparaissait avec la netteté de l'évidence. Même la soirée chez *Monsieur Bleu* faisait partie de sa stratégie. Cette fausse gentillesse. Ne fallait-il pas toujours se méfier quand un mari était trop attentionné ? Valentine était écœurée. D'avoir été trompée. De n'avoir rien vu. Mais surtout, surtout, d'avoir été manipulée. Il s'était moqué d'elle. Elle l'avait aimé en vain. Toute sa vie était fondée sur une erreur d'appréciation.

Un froid glacial la saisit.

– Quel salaud !

Elle avait crié en détachant ces mots. Elle vit surgir Maria dans l'encoignure de la porte.

– Madame... Ça va, madame ?

Elle revint à elle. Sa respiration était bruyante. Ses dents si serrées que sa mâchoire lui faisait mal. Elle ferma les yeux un instant.

– Pardon. Oui, oui..., merci Maria, souffla-t-elle sous ses paupières closes. Ça... ça ira.

*

Ça ira. Elle avait prononcé les trois syllabes entre ses dents. Un mélange de rage brûlante et de froide détermination. Charlotte Corday s'apprêtant à poignarder Marat. Il y avait cette pensée insupportable d'avoir été jouée de A à Z. Depuis tant d'années. C'était vrai, ce qu'avait timidement avancé David. Elle avait beaucoup sacrifié pour lui au début. Ce n'était pas un hasard si elle avait arrêté de sculpter. Et puis il y avait autre chose. Un haut-le-cœur plus général. De PAB à Tumblr, de la fraude de haut niveau à l'hystérie des ados piqueurs, elle vivait donc dans une société où, à tous les étages, chacun dépouillait l'autre, en permanence. Cleptocratie généralisée. Le monde saisi d'une gigantesque compulsion. Elle voyait une planète de dépendants. Voleurs, joueurs, buveurs, fumeurs, cleptomanes, érotomanes, pyromanes, héroïnomanes, accros à l'écran, au porno, au Prozac, à la vitesse, aux call-girls, à la masturbation... Elle avait lu dans *Le Monde* une enquête intitulée « Sexe et dépendance ». « J'imaginais combler le vide qui était en moi, disait un type. Un moyen de survie. J'augmentais la dose tous les jours. Je ne ressentais même pas de plaisir. Un besoin à assouvir. J'étais envahi, submergé. Mes pulsions décidaient pour moi. Comme pour beaucoup d'entre nous d'ailleurs. »

Ces chaînes d'atomes. Cette chimie silencieuse. Valentine avait fait partie de cette humanité esclave. Mais maintenant, elle aspirait à autre chose. Ça passerait par un grand nettoyage. Du blanc partout, comme sur les cimaises vierges d'un musée. En attendant un nouvel accrochage.

Elle replaça « l'innocente clé USB » dans le portefeuille. Pas dans le repli discret du cuir où elle l'avait d'abord manquée, mais dans la pochette centrale. Bien en évidence.

Puis, s'adressant à Maria d'un air dégagé :

– J'ai trouvé ça dans la rue, Maria. Elle regardait ailleurs, vers le petit Soulages de sa chambre, comme pour trouver de la force dans la profondeur du noir.

– Pourriez-vous avoir la gentillesse de le porter à la police ?

– Bien sûr Madame.

– Euh... Maria...

– Madame ?

– Si vous pouviez y aller tout de suite... Dites-leur... dites-leur bien de tout inventorier. Dites-leur que c'est important.

Elle attendit que Maria soit sortie pour rappeler Air France.

– Ce serait pour changer un aller-retour La Havane.

Calmement, elle donna son numéro d'abonné.

– 1026... C'est bien ça, oui... Lestrange... Contre un aller pour Detroit... Non, non, un aller simple... À quelle heure est le prochain vol ? 13 h 24 ?

Elle regarda sa montre.

*

Quelques heures plus tard, à Roissy, elle marchait dans les allées du Terminal 2 E en direction du salon. Élégante, son manteau de castor ouvert sur une jupe fendue. Devant la devanture d'une bagagerie, elle détourna les yeux et fut prise d'un fou rire intérieur. Une vague la submergeait. Une digue sautait. Elle pensa au détective qui devait la suivre, quelque part dans l'aéroport. Ça aurait pu être drôle de le balader d'une cabine d'essayage à une caisse enregistreuse, de prendre un article à un endroit pour le reposer à un autre, de jouer avec ses nerfs. Juste des débuts de larcins. Arrêtés en plein vol. C'était le cas de le dire.

– Quand je pense que, finalement, je n'ai rien piqué pendant toutes ces années !

Techniquement du moins, puisque tout avait été réglé derrière elle, ces vols n'en étaient pas. Ils n'étaient même pas dignes de ce nom. Des non-vols. Voilà ce dont elle s'était rendue coupable. Dire qu'elle n'avait jamais rien dérobé et qu'en plus, elle avait contribué à démanteler un scandale financier au plus haut niveau ! Elle, Valentine de Lestrange ! C'était quand même un comble… Soudain, une ombre passa dans son regard. C'est cette pauvre Maddy qui devait se retourner dans sa tombe. Jamais elle n'aurait imaginé ça de sa petite fille. La honte des Lestrange. Une voleuse honnête !

Au salon, son regard se posa sur les journaux. Combien de temps l'affaire PAB mettrait-elle à éclater dans la presse ? Quelques jours à peine. Ce serait une déflagration. Mais elle serait loin alors. À Detroit, en train de devenir une autre. Avec un noyau accumbens correctement réglé et un putamen refait à neuf ! Elle rit en repensant au beau Karoui, vérifia qu'elle avait bien son numéro de portable. Et lui envoya un message.

– En route pour Detroit !

Elle hésita. Elle aurait voulu ajouter quelque chose qui indique sa motivation. Quelque chose comme « Je viens de me décider ». Mais ce « je » était tellement suspect et flou. Peut-être même qu'il n'existait pas. Il lui semblait qu'une meilleure formulation aurait été quelque chose comme : C'est décidé. Avec un C comme dans C'est plus fort que moi.

Mais comment dire ça dans un texto ?

Elle envoya les quatre mots, Karoui comprendrait, et en souriant se dirigea vers la porte d'embarquement. Sa petite Tumi roulait derrière elle.

Épilogue

– Et me voilà !

Celle qui ne s'appelait pas Valentine leva sa coupe de champagne. Elle rit et secoua son épaisse chevelure rousse. Sans cheveux blancs malgré son âge. Tu crois que ça aussi, c'était génétique ?

Un instant, mon cher Max, je me suis demandé si cette femme avait tout inventé. Tiens, on n'a pas parlé des mythomanes. Le même genre de pulsion, tu crois ?

Un type longiligne, aux dents très blanches, était là lui aussi. John Karoui. Il avait l'air parfaitement normal – je sais, je sais... tu n'aimes pas cet adjectif. Ce que je veux dire c'est que lui, son médecin, son thérapeute, avait l'air de trouver normal d'être là avec elle. Je me suis souvenue qu'elle l'avait présenté comme son compagnon.

À un moment, il s'est éclipsé et est revenu avec trois coupes pleines.

– To my future wife ! s'est-il exclamé en la regardant « dans l'œil » comme on dit en anglais. Je les ai félicités.

Quelques jours plus tard, j'ai retrouvé Valentine au MoMa. Elle m'avait proposé de passer un matin. Deux Rauschenberg dormaient dans les réserves, des œuvres qu'on ne voit jamais : elle proposait de me les montrer. En partant, j'ai fait un tour à la boutique. Tu sais quoi ? Ils ont toute une collection de sacs comme le sien. Il faut croire qu'il y a un marché. J'ai failli en acheter un qui portait cette inscription :

« C'est dur de plaisanter avec un cleptomane. Ils PRENNENT tout… littéralement. »

Remerciements

Merci à la Brown Foundation qui gère la Maison de Dora Maar à Ménerbes, ainsi qu'à la Böll Stiftung propriétaire du Heinrich Böll Cottage sur l'île d'Achill, en Irlande, pour m'avoir accueillie en résidence pendant la rédaction de ce roman. Merci aux docteurs Patricia Petit, Marie Grall Bronnec et Lucian Chasteller. Ainsi qu'à Caroline Eliacheff, Olivier Laude, Matthieu de Boisséson, Anette Hirsch, Mireille Cartet et Stéphane Dumas pour leurs conseils précieux. Un remerciement tout particulier à Salah El Mestikawy, chercheur en neurobiologie à l'université McGill, pour ses visites guidées, toujours passionnantes, du cerveau humain.

Enfin, deux articles du *Monde* m'ont inspirée. « Cet obscur noyau du désir » de la neuroscientifique Angela Sirigu (22 décembre 2014) et « Sexe et dépendance » de Marie-Béatrice Baudet (13 février 2018).

Cet ouvrage a été composé
par MauryàMalesherbes
et achevé d'imprimer en France
par CPI
pour le compte des Éditions Stock
21, rue du Montparnasse, 75006 Paris
en mai 2018

Imprimé en France

Dépôt légal : août 2018
N° d'édition : 01 - N° d'impression : 2037174
78-51-9772/8